魔豆

魔豆

裏八仙

外傳　變幻派對

蒼葵——著

裏八仙

外傳 變幻派對

目錄

韓湘的祕密計畫

一間黑暗的小房間裡，不知爲何完全沒有點燈。

然而在這樣的情況下，房裡卻交織著各種炫亮色彩，忽明忽暗的光影流動，乍看下彷彿在牆上飛快悠游的魚。

事實上，這些詭異的光影與色彩都來自陳列房中的酒精燈及各種試管、燒杯和三角瓶。酒精燈的火焰微弱卻穩定地燃燒，不斷替上方燒杯加溫，直到裡頭的液體冒起大小泡泡。另一側，多到難以計數的試管被安置在試管架上，細長管子裡裝的是各種難以忽視的鮮艷液體。

更旁邊的三角瓶則不時噴出氣體，有些還會在空中形成圖案，例如骷髏頭或愛心，接著才慢慢散逸。

而在這些科學器材間，一抹纖細身影彎立其中。

他髮絲披散，身上罩著件白袍，酒精燈的火光映亮他半邊的臉。紫色的眼睫毛、紫色的眼眸，以及微帶紫色的嘴唇，都透出一股妖異感。

猛一看，這人就像是個瘋狂科學家，或許在進行著什麼毀天滅地的恐怖計畫。

「就快好了……就快大功告成了……」壓抑的聲音從喉嚨中發出，帶著期待與得意。

人影戴著隔熱手套拿起煮開的燒杯，小心翼翼地將裡面的綠色液體一點一點地倒進三角瓶內。接著，他屏住呼吸，更加謹慎地取出一支試管。

這次，他將閃動著粉紅光點的液體往三角瓶裡倒下去——

「阿湘，我和曉愁來找你了！」

伴隨著響亮的招呼聲，一直緊閉的房門驀然被打開，大量光線爭先恐後地自外湧進。

剎那間，紫髮少年手一抖，本來只該倒入一半的液體頓時全滑進三角瓶中。但少年卻顧不得實驗出了差錯，在光線撲上自己的瞬間，他慘叫一聲，雙手捂住臉，以最快速度躲進光線照不到的桌底。

驚惶的模樣，簡直像吸血鬼碰上了足以焚燬自身的日光一樣。

彷彿沒聽見房間主人瀕死般的慘叫，大剌剌闖進房間的少年熟門熟路地找到牆上的電燈開關按下。

燈光大亮，房裡的一切無所遁形。原本像是間瘋狂科學家實驗室，現在看起來就只是亂糟糟、東西隨意堆疊的空間。

沒有理會周遭令人分不清是廢墟還是房間該有的物品，少年和少女同時轉過頭，目光定在桌下的那團「蜷縮物」上。

燈光下，讓人清楚看見裹在房間主人身上的根本就不是什麼白袍，只是床單。

五官俊秀的少年推推眼鏡，最後走上前幾步，屈指敲了敲桌面。

「我說，阿湘你可以出來了吧？好朋友來找你也不是這種表現的。」方奎說。

乍聞方奎開口，縮在桌子下的身影就像是恍然意識到這的確不是主人該有的待客之道，慌慌張張地跳起，卻忘記自己頭上是桌子。

頓時響起一聲響亮聲音。

人影抱頭再度縮起身體，似乎隱隱還能聽見哭聲。

「阿湘，你在搞什麼呀？」余曉愁看不下去，大步走上前，強勢地將躲在桌下的人一把拖出。

床單滑下，暴露了奇異的淡紫髮絲，而紫色的眼珠和眼睫毛更不似一般人所擁有的。

全名「韓湘」的紫髮少年並不是人類。他是神話故事中有名的八仙之一，此刻模樣正是他的仙人姿態。

「就算你是仙人，但居然連門都不鎖？還好進來的是我們。」余曉愁單手扠腰地數落大意的朋友，「你不知道最近新聞都在講，我們豐陽市出現小偷，專門找只有一人居住的屋子下手嗎？聽說已經很多戶受害了……真是的，你要多注意點才行啦。」

「方奎……曉愁……」韓湘哭喪著臉，看著兩名朋友，眼內的愁緒越來越重，最後他掩著臉，難過地嚶嚶哭泣起來，「嗚嗚嗚！我實在太粗心大意、太笨手笨腳了，我連門都會忘記鎖，連一張桌子都會撞到……我怎麼那麼沒用？對不起，身爲八仙之一，我實在太太太沒用了啊……」

「怎麼會呢，阿湘，你可是我們超自然同好會榮譽的一分子啊！」方奎蹲下身，堅定有力地握住好友的手，眼中閃動的是同樣堅定有力的光芒，「就是因爲有了你，我們同好會……」

「依舊還是同好會，升不上社團的。方奎，不是我要說你，這種可疑的名字恐怕一輩子都招不到新社員。」余曉愁研究著那些盛裝奇異液體的試管，頭也不回地吐槽男友，渾然沒注意到受到打擊的頓時變成兩個人。

瞥見試管架最邊側的試管似乎一閃一閃地發著光，好奇之餘，余曉愁忍不住伸手拿起那支試管。

「曉愁，那個不能碰！」韓湘眼尖，立即忘了原本的喪氣，心急地大叫道：「那個一晃就會爆……」

韓湘的話還來不及說完，余曉愁手裡拿著的試管已發生異變。

蘋果綠的液體一口氣衝出試管，先是變成了淡綠氣體，緊接著爆裂聲驟響。

「哇！」余曉愁被嚇得驚叫一聲，卻明顯沒有受到任何傷害。因為在她身旁，一團藍色水球包住了那支被她下意識扔開的試管，以及噴發出去的氣體。

迷你爆炸全都發生在水球裡，沒有外洩出絲毫威力。

「曉愁！」就算見到自己女友安然無事，方奎仍忍不住擔心地跑上前，緊張地握住她的手，「曉愁，妳還好吧？」

「沒、沒事，只是被嚇了一跳……」余曉愁的語氣聽得出尚有一絲驚魂未定，她拍拍胸口，喘了一口氣，再轉頭望向浮升在半空的水球。

水光映照下，她的眼珠折射出異樣的金燦色彩。

「眞是的，我沒想到這玩意眞的會爆炸。阿湘，你是怎麼做出來的？」余曉愁繞了繞指尖，水球立刻消失，空空的試管掉落下來，墜入她的掌心。

韓湘沒有回答。

「阿湘？」余曉愁納悶地轉過頭，沒想到竟看見紫髮少年一臉大受打擊，豆大的淚珠在眼眶裡凝聚。

「我……」

韓湘顫抖著聲音，下一瞬就像再也忍耐不住般掩面哭泣，細瘦的肩膀一顫一顫的。

「都是我的錯，這一切都是沒用的我的錯！嗚，我眞不該活在世上的，像我這種傢伙怎麼還能厚顏無恥地待著……方奎、曉愁，你們千萬別管我，就讓我一個人在這裡靜靜地腐爛吧。如果長出了香菇，說、說不定還能替這個世界盡最後一份心力……」

面對沮喪模式全開的仙人朋友，方奎和余曉愁倒是已經見怪不怪。

雖然是赫赫有名的八仙之一，雖然在人界被尊稱爲「韓湘子」，不過眞正的韓湘其實只是個內向畏縮、思想悲觀的愛哭鬼而已。

方奎和余曉愁有默契地互望一眼，旋即兩人一塊採取行動，他們拉起韓湘的手臂，讓他好好站著。在他又要軟綿綿地坐下去的前一秒，余曉愁大力拍上他的背，甜美的嗓音散發著不可抗拒的氣勢。

「抬頭挺胸！縮小腹！可惡，你居然沒有小腹……聽好了，阿湘，你可是堂堂的八仙之一，怎麼可以對自己沒有信心？好了，現在振作一點！不要忘記你可是讓我們驕傲的朋友！」

「沒、沒錯，我要振作！太好了，我好像可以振作個十分鐘……」或許是余曉愁的鼓勵起了效果，韓湘吸吸鼻子，握緊拳頭，紫眸中的光亮比先前明顯一些，「對了，曉愁，妳和方奎過來，是找、找我有什麼事嗎？」

余曉愁張張嘴巴，這下子她覺得力氣被抽光的人變成自己了，她無力地扶額嘆氣。

「哈哈哈哈！」方奎卻是感到有趣地笑出聲，他拍拍韓湘的肩膀，「阿湘，你眞的是忙昏頭了。是你打電話要我跟曉愁過來的，不是嗎？」

「咦？啊？對對對，沒錯！」韓湘頓時恍然大悟，心思全轉至這件重要事上，「方奎，你們說要去小藍那邊，你們有要過去對吧？」

韓湘情緒不知怎地忽然變得高亢，一掃所有鬱悶愁苦。他在房裡轉起圈圈，手上抓著多支試管，雙眼簡直亮到不可思議，秀氣的臉蛋散發光芒。

「我們是要過去沒錯。」方奎不自覺拉著余曉愁往後退了幾步，「我記得有跟你提過嘛，藍采和拜託我家曉愁幫他一起團購點心……」

「誰是你家的？方奎，你才不要亂說話。」余曉愁微惱地哼了一聲，眼尾橫睨，卻又帶著明媚。

「那就換我是妳家的吧。」方奎笑咪咪地說。

「什……」余曉愁雙頰飛上紅雲，她就像是要掩飾什麼般別過臉，又哼了一聲，「說、說是你家的也可以啦。」

韓湘的注意力完全放在實驗上，沒空搭理這對老是製造閃光的傻瓜情侶檔。他屏住呼吸，逐一將挑選出來的試管倒進三角瓶。

當最後一支試管內的液體滑進已變得七彩顏色的三角瓶中，下一刹那，又是一聲巨響，從三角瓶裡噴出大量光點。

那些光點在空中改變了形態，落至桌上時，竟變成了六顆顏色粉嫩的桃子狀小點心。

「咦咦咦？怎麼會跑出壽桃？原本應該是巧克力才對呀……」

見到了實驗成果，韓湘非但不喜，反倒流露困惑。他試著回憶流程步驟，終於想起在方奎二人來訪時，自己因受到驚嚇，似乎失手多加了藥劑。

「唔……算了，反正應該也吃不死人的。」

「阿湘，你最後那句聽起來有些驚悚喔。」眼見韓湘的實驗似乎大功告成，方奎拉著余曉愁的手走上前，好奇的視線落在那些大概只有一口大小的迷你壽桃上。

「呀！這些都好可愛！」余曉愁立刻被那些小點心擄獲，她著迷地拿起一顆欣賞，目光離不開晶瑩剔透又染上淡淡粉紅的外皮，但卻沒有想吃的欲望。

目睹這些桃子點心是如何被製造出來之後，余曉愁一點也不想拿自己的身體開玩笑。

「欸欸，阿湘，你做這些是要幹什麼？」余曉愁用指尖輕戳了下飽滿富彈性的迷你壽桃。

「那還用說嗎？當然是讓人實驗……不對，我、我是說讓人品嚐用的！」發現自己無意間洩露了真正意圖，韓湘連忙改口，「真的，我絕對沒有想要找誰做實驗！」

「所以你果然是想找人做實驗嘛。」余曉愁雙手扠腰，臉上的表情又好氣又好笑。

韓湘為時已晚地捂住嘴巴，小心翼翼地覷著兩位好友，發現他們眼裡沒有真正的責備意味後，他放下手，大膽地提出要求。

「方奎、曉愁，你們可以幫我嗎？這是我……這是我一輩子的請求了！」

「我總覺得好像不是第一次聽見這台詞……方奎，把你躍躍欲試的表情收起來！」瞥見自己男友似乎想自願成為實驗者，余曉愁柳眉一挑，美眸一瞪，「求知欲旺盛不是這時候用的！你是人類，萬一吃出問題怎麼辦？」

「放心好了，曉愁，這東西不是讓人類實驗用的，所以對人類無害。」韓湘細聲解釋，

「最、最多就是拉肚子而已。」

「開什麼玩笑？那更不行！」余曉愁瞪大一雙漂亮眼睛，氣勢凶猛如母雞護小雞。

「好了啦，曉愁，阿湘也說這不是給人類實驗用的。妳別緊張，放鬆一點吧。」方奎握了下女友的手，笑著安慰。

「真是的，你以為我是在為誰擔心？」余曉愁嘀咕道。

「阿湘，你這些桃子不是讓人類實驗用的，聽見我們要去藍采和那，就把我跟曉愁找過

來……」

方奎腦子動得快，很快掌握住事情重點，他的眉頭不禁皺了起來。

「老實說這樣不太好喔，阿湘。你是想要找藍采和實驗吧？你忘記之前才害他變小，要是再來一次，那小子絕對會笑容滿面地抓狂。」

韓湘顯然也回想起自己仙人同伴過去抓狂的畫面。

雖然外表無害瘦弱，又時常掛著和煦的笑容，可擁有天生怪力的藍采和一旦斷了理智線，別說髒話如滔滔江水飆出，造成的災害更像強颱過境！

韓湘畏縮地抖了抖，但下一刻又困惑地抬起頭來，「上次？我有讓小藍變小？我怎麼沒印象。」

「有，阿湘你可是在上一本外傳就做了！」方奎斬釘截鐵地回答。

「是、是這樣嗎？」韓湘刮了刮臉頰，覺得有印象好像又沒印象，「原來我已經對小藍……啊，不過這個也不是針對仙人的。所以方奎你們幫我轉交時，也不用、不用擔心會被小藍宰的。」

「等一下，不是針對人類也不是針對仙人，那阿湘你要我們拿去給藍采和做什麼？」余曉愁蹙起眉，可緊接著，她驀然想通了什麼，睜大眼睛，「不是吧？阿湘，你該不會是要給……」

「沒錯，我是要給小藍的植物！」

韓湘雙眼驟然發光，亮得像是一堆小星星掉在裡面。他交握起雙手，臉上浮現興奮。

「我發現到，我從來沒有找小藍的植物做過實驗。噢，玉帝在上啊，這一定會是全新的領域……雖然之前沒找是因爲小藍的植物一堆都好、好凶猛。但這次不一樣，我有十足十的自信！方奎、曉愁！」

韓湘突如其來地抓住兩位好友的手。

「求求你們了，這眞的是、眞的是我這輩子唯一的請求！」韓湘語氣激動高亢，一掃平時的畏怯，淡紫色的眼睛甚至浮現懇求的淚光，「拜託你們替我將這六顆一組的桃子送到小藍那邊，就、就騙他說是團購另外買的點心，放一個小時後會變得更好吃，這樣他就不會自己先拿來吃了。」

「但他的植物也不會因此主動去吃吧？」方奎問。

「這完全用不著擔心，因爲這些桃子都經過特殊處理，會讓小藍的植物聞到就想靠近！而且，只要再加上這個……」韓湘手指忽然輕輕一揮舞，指尖頓時飛出點點紫色螢光。

那些紫色光點在空中優雅地繞了幾圈後，全數飛向桌上的迷你壽桃。一沾上粉嫩的表皮，光點瞬間隱沒，取而代之的是桃子表面浮出淺淺圖案。

方奎和余曉愁好奇地湊上前，這一看，他們不禁目瞪口呆。

「居、居然還有這招……」余曉愁驚歎地捧起一顆迷你壽桃，就怕自己動作太大，會壓壞那些圖案。

子。

「這可眞是……阿湘你眞的是天才啊！」方奎推推眼鏡，仔細打量印有人物頭像的桃

人物雖僅以線條勾勒，但不論是彎彎的眉眼還是如水柔軟的笑容，均十足十地展現了本人最明顯的特徵。

不管再怎麼看，那分明就是藍采和！

「方奎、曉愁，你們說這會、會有效吧？」韓湘害羞又有點得意地說。

方奎和余曉愁對望一眼，最後視線再回到那些印有藍采和圖案的迷你壽桃。

絕對有用的。

那群起碼一半是「藍采和控」的植物們，絕對會搶著吃掉這玩意！

◉

藍采和沒想到方奎和余曉愁會來拜訪。

瞧見兩位朋友，他笑開了臉，金色的陽光映在那張秀淨面孔上，替那蒼白的臉點綴了一些好氣色，同時也鮮明地勾勒出他掩不住的欣喜。

「方奎、曉愁，你們怎麼突然來了？哎，你們先進來吧，外面太陽大，我去倒點飲料給你們喝。」他熱情地招呼人往屋裡去。

一進到寬敞的客廳，方奎和余曉愁便注意到向來充滿喧鬧的林家，今天顯然過於安靜。由於兩人都不是第一次來，他們自動坐上沙發，滿懷困惑地東張西望。

太過安靜了，甚至連這個家的兩位年輕主人也沒看見。

「藍采和，川芎大哥和莓花不在家嗎？」確認過連二樓走廊都沒發現其他人的身影，方奎按捺不住好奇，提高聲音問向在廚房忙碌的少年。

「哥哥和小莓花不在喔！」

藍采和的聲音從廚房傳出，伴隨著一陣乒乒乓乓的聲響，聽起來似乎在翻找什麼。

「他們去喝親戚的喜酒，好像是哥哥的堂姊還表姊結婚了。因爲地點挺遠，大概要明天才回來，所以今天由我負責顧家哪。」

「只剩你一個人在嗎？」余曉愁記得這個家還有另外兩名仙人房客，同屬八仙的何瓊與張果，「小瓊呢？還有張果也不在？」

「小瓊和果果有事回天界一趟。聽說果果想順便重抽乙殼，他覺得小孩子的乙殼還是有些麻煩。」膚色白得不太健康、但臉上總掛著微笑的少年探出了頭，笑咪咪地說，「方奎、曉愁，你們再等我一下，我剛發現有土耳其蘋果茶，我弄那個給你們喝。」

「你慢慢來吧。」方奎表示不介意地揮揮手，總算明白這個家如此安靜的原因，「啊啊，原來是大家都出門去了呀……」

「這樣子不是剛好嗎？」

余曉愁稍微壓輕聲音，將抱在懷裡的紙袋放至桌上，從裡面取出兩個紙盒。一個是之前藍采和拜託她團購的蛋糕卷，另一個裝的自然是韓湘親自製作的迷你壽桃。

「可以不用擔心其他人將阿湘做的東西拿去吃了。」

「雖然對藍采和有點不好意思，不過我真的也很想看看會發生什麼事。」方奎低聲回話，鏡片後的眼眸閃動興奮的光彩。

身爲熱愛未知事物的超自然同好會會長，他最沒辦法抗拒這類事情了！

想到這裡，方奎將目光移至包裝素雅的第二個盒子上，暗忖著待會兒要怎麼讓藍采和召出他的植物。

余曉愁也盯著那個裝了桃子點心的盒子，她腦筋動得快，立刻想出一個法子。趁藍采和還在忙，她將點心盒打開一些縫隙。

起初方奎沒意會過來，可隨即，他明白了自己女友爲何這樣做。

韓湘曾說，這些桃子經過特殊處理，能讓植物們聞了就想靠近。

余曉愁是想測試屋裡有沒有藏著沒出來的植物。

下一瞬間，方奎和余曉愁察覺到視線感。

有人在看他們！

不是人類、感應力較方奎敏銳的余曉愁倏地站起身，多道視線的關注反射性傳來緊張感，令她烏黑的眸子裡浮竄出點點金光，一會兒便染成金黃色澤。

是的，多道視線。

即使環視周遭依然瞧不見任何人影，但余曉愁確實感應到不只一人待在屋子裡。

「曉愁，怎麼了嗎？妳看到什麼東西了？」藍采和端著茶從廚房走出來，正巧看見余曉愁站著，似乎在仰望著某一處。

余曉愁頓時回神，眸內金芒迅速散去，「藍采和，你有叫你的植物出來嗎？我覺得好像有其他人在。」

「妳發現到了呀。」藍采和笑吟吟地坐下，將剛泡好的土耳其蘋果茶端給兩位朋友，自己面前也擺了一杯，「想說哥哥他們不在，乾脆讓幾個人出來，免得他們老是抱怨只能待在籃中界太過無聊。啊，放心好了，我有吩咐他們要是敢添什麼亂，我會統統把他們……咦？這個是？」

藍采和注意到擺在桌上的兩個紙盒，眼裡不禁躍上好奇。

「一個是你之前請曉愁幫忙團購的點心，我們今天過來就是要送這給你的。」雖然很想知道藍采和究竟會對他的植物怎樣，不過眼下正是大好機會，方奎當然不會錯放，「至於另一盒，是團購滿千元送的。我想說你們家人多，這盒就一併送給你們，只是沒想到川芎大哥他們剛好不在。」

「沒關係，這兩盒我都先冰起來好了，等哥哥他們回來再一起吃。眞的很謝謝你們，方奎、曉愁。」藍采和想像著大家明日一起享用美食的畫面，一雙眼睛瞇得更彎了。

「什麼？不行。」余曉愁下意識脫口而出，緊接著發現到自己太過突兀。對上藍采和詫異的目光，她掩飾性地輕咳一聲，快速準備好理由，「我是說，這盒沒辦法放那麼久，得要當天吃完。」

「藍采和，你不是有放你的植物出來嗎？你們可以先吃這盒，另一盒留給川芎大哥他們。」方奎有默契地替女友幫腔，「也可以叫阿蘿……對了，怎麼到現在都沒看見它？」

「阿蘿它在籃中界裡呢，它說它不敢待在外面。」藍采和爲兩人的杯子再添一些蘋果茶。

「不敢？」

「待在外面？」

方奎和余曉愁面面相覷，不是很明白話裡意思。平常時，不都是阿蘿在外面活蹦亂跳的嗎？怎麼今天轉性，居然躲回籃中界裡？

「哎，我猜它是怕跟他們待在一起吧。」藍采和刮刮臉頰，隨後伸手朝樓上一揮。

方奎和余曉愁下意識仰頭往上看。

一、二、三、四、五、六，原本空無一人的二樓樓梯間，瞬間出現六抹或高或矮的人影。黑髮白膚的男人、金髮藍眸的女人、紅髮紅瞳的少年，以及三名氣質各異、年齡相同的少女。

他們或坐或站，或是倚牆，不同色澤的六雙眼眸全都盯住方奎和余曉愁。

「哇喔……」方奎這下非常明白阿蘿想躲到籃中界的心情了。

眼前六人都是藍采和至上主義者，而陪伴藍采和最多時間的阿蘿，不巧就是他們的眼中釘。恐怕阿蘿是怕會隨時遭人痛毆，才不敢和這群人形凶器同時待在外界。

「我說藍采和，我沒想到你一次放那麼多植物出來……」

「喂，眼鏡仔！你是有什麼意見嗎？難道主人不能放我們出來嗎？」三名少女中，氣勢最威凜的一位立刻不客氣回嘴，紫紅色眼眸吊高。

不等方奎開口，他身邊的余曉愁已不甘示弱地上前一步，清麗的臉蛋閃動不悅，「我家方奎戴眼鏡是礙著妳了嗎？告訴妳，就算是眼鏡仔，方奎也是最帥的眼鏡仔！」

「才不是呢！最帥的一定是主人！」這次換棕髮少女鼓起可愛的臉頰，大聲反駁。

「沒……錯，是主人才對。」另一道細弱嗓音加入，綠髮黃眸的少女交握起雙手，細聲卻堅定不移地說。

「錯錯錯，是我家方奎！」余曉愁雙手扠腰，抬高尖細的下巴，黑眸轉成燦金，鬈翹的髮絲末端隱隱滲入湛藍。

「是我們的主人！」黑髮紅眸的少女抓住樓梯扶手，態度強硬地高聲嚷道。

眼見少女們之間彷彿有火花、電光迸射，戰爭一觸即發，樓梯上卻傳來一聲輕蔑冷哼。

剎那間，僵持不下的四道目光登時全惡狠狠地瞪向抱胸倚牆的黑髮男人。

「鬼針！」黑髮紅眸的少女率先發難，「你那是什麼……」

「好了，紅李，別去計較那種事。」藍采和更快一步地截斷少女的句子。

「可是，主人……」紅李語帶惱怒。

「我說，好了。」藍采和語氣溫和，卻自有氣勢，『紅李、花蕉、香梨，妳們覺得我很帥，我非常開心呢。不過，妳們不是答應過我不添麻煩的嗎？曉愁和方奎是我的朋友，不可以對他們無禮。」

見三姊妹迅速安靜下來，藍采和又向方奎他們道歉。

「不好意思，方奎、曉愁……」

「別在意、別在意。」方奎笑嘻嘻地揮下手，「能讓我聽到曉愁誇我很帥，我就覺得……痛！」

余曉愁微紅了臉，氣惱地踩了方奎一腳。

兩名朋友的相處模式讓藍采和會心一笑，接著他眸光一轉，瞥向了樓梯上方的鬼針，微笑越發柔和似水。

「至於你，鬼針，你他×的敢再找碴，老子就把你變成迷你版，扔到馬桶沖到下水道！」

這句威脅鏗鏘有力地扔下後，鬼針冷厲的臉龐繃緊，細狹的黑瞳閃過剎那焰火。

「呵，下水道可是再適合你不過了呢，鬼針。」一道嬌笑響起，先前未開口的金髮女子咯咯笑著，艷麗的雙眸不客氣地傳遞嘲笑意味，「放心好了，我會幫采和，讓你一輩子都不用回來。」

「我看妳才是最適合到下水道的那個，茉薇。」鬼針瞇起眼，勾起譏誚的冷笑，「我現在就可以送妳一程，至於感激什麼的就免了，反正我也只是舉手之勞。」

「你說什麼？」茉薇放下環胸的手，藍眸竄起危險光芒，腳下影子似乎在蠢蠢欲動，隨時可能化成實體竄冒出來。

「太好了，妳連人話都聽不懂了。」鬼針張開五指，掌心黑暗翻湧。

他們倆誰也沒留意到，藍采和的笑容越來越猙獰。

藍采和捏緊拳頭，猝然一擊砸向樓梯旁的牆壁，劇烈聲響當場爆出，也成功中斷了鬼針與茉薇的對峙。

「老子還在這裡，你們就想造反？靠杯啦！是當我死了嗎！」藍采和勃然大怒地罵道，氣勢凶狠宛若惡鬼，瞬間就讓最令人棘手的兩名植物閉上嘴巴。

茉薇和鬼針互瞪一眼，用眼神強烈表示「都是你/妳的錯」。最後他們各哼一聲，轉過臉，誰也不想讓對方出現在自己的視野裡礙眼。

沒想到，這時從旁飄來低低的兩個字——

「白痴。」

那是少年的聲音，但不是藍采和，也絕非方奎擁有。

鬼針和茉薇神色一厲，馬上往最可能的聲音來源處瞪去。

一身褐色皮膚的紅髮少年揚高傲氣的眉，毫不畏怕地迎視回去，「我有說錯嗎？惹藍釆和那傢伙生氣，不是白痴是什麼？」

「嘻嘻，椒炎說得太好了。」花蕉掩嘴竊笑，但下一秒朝她掃來的兩道視線讓她瞬間止住了聲音。

鬼針和茉薇的威壓太過迫人，力量輸他們一截的花蕉一時竟被壓得開不了口，她懊惱地跺跺腳。

他們沒有注意花蕉太久，很快又移回視線，沉默地冷視著椒炎——他們還記得藍釆和的威脅，誰都不想眞的被扔到馬桶，沖進下水道裡。

藍釆和這時卻無暇搭理植物的無聲內鬥，因爲方奎拍了拍他的肩膀，然後一臉沉重地比向牆壁。

看清方奎想讓自己看的東西後，藍釆和眼中的怒氣被嚇到不見。他慘白著一張臉，看起來幾乎要昏倒。

方奎讓他看的，就是他方才出拳擊打的牆壁。堅硬的水泥牆上，竟深深地凹陷了一個洞。

藍釆和的天生怪力，連水泥也承受不住。

「完了……」藍釆和喃喃地說，眼神驚恐，「完了……玉帝在上啊！哥哥回來會殺了我的！」

堂堂的八仙之一，只憑一句話就能鎮住自己植物的藍采和，居然像受驚的兔子般跳起來，在樓梯口慌張地轉圈圈。

「怎麼辦？怎麼辦？哥哥出門前我還跟他保證過的……天啊，那麼明顯的一個洞要怎麼補……」

「很簡單啊。」余曉愁說。

藍采和猛地煞住腳步。

「你可以先拿一張畫擋住，之後再找人過來補。」余曉愁蹙著眉，就像是不懂這麼簡單的辦法怎麼會想不到。

藍采和眼睛亮起，「曉愁……」

「嘿，等一下！」在藍采和衝上來、想握住余曉愁的雙手前，方奎快一步擋在他前面，「藍采和，我知道你想誇曉愁很棒、很厲害，噢，她本來就很棒了。不過就算我們是好朋友，我也會介意你摸我女朋友的手的。」

「你這笨蛋，在、在說什麼啦……」余曉愁不自在地低罵道，可嘴角又有抹甜蜜的笑。

正高興有辦法解決問題的藍采和，完全沒注意到他的朋友們又在放閃，動作迅速地改抓住方奎的手，大力地搖了搖。

「方奎，你的女朋友眞的很聰明。太感謝了！要再喝茶嗎？要吃點心嗎？哎，那一盒剛好可以直接拆來吃嘛！」

想到桌上擺著一盒當日就得吃完的點心，藍采和興沖沖地想與方奎他們分享，以表自己的感謝之意。

方奎和余曉愁卻是大吃一驚。那盒可是韓湘專門做來給藍采和植物們的點心啊！

「不用了，藍采和，我們馬上就要走了。」方奎眼明手快地抓住藍采和的手臂，不讓他跑向桌子。要是讓他現在打開，光是印在桃子上的圖案就足夠讓他起疑，甚至說不定還會讓他直接聯想到韓湘，「我們等等要去……」

「要、要去和方奎的爸爸、媽媽一起吃飯！」余曉愁情急之下說出這個理由。

「和方奎的父母吃飯？」藍采和睜大眼，然後只見他露出驚喜的笑，「玉帝在上，這就是人界常說的，結婚前要先見父母嗎？」

「什……」余曉愁張口結舌，壓根不知道自己的這位仙人朋友怎麼想到這方面去了，「不對，我們只是……」

「這種重要的事怎麼能耽誤？對不起，方奎、曉愁，我還讓你們陪我這麼久。」藍采和滿懷歉意，他反推著兩人往玄關方向走，「你們快點去吧，有什麼好消息一定要告訴我喔！」

余曉愁哭笑不得，「藍采和，就說我們不是……」

「噓。」方奎快速而輕聲地給了女友一個單音。

余曉愁一愣，旋即眼尖地發現六名植物已往長桌靠近。她暫時嚥下抗議，以免藍采和察覺到身後的動靜。

待藍采和熱情地送他們到大門外，又真誠地給了他們幾句祝福的話後，余曉愁終於再也忍不住，她抓著方奎的手，接近落荒而逃地跑離這條巷子。

一繞進轉角，確定藍采和沒法看見他們，留著短鬈髮的清麗少女倚著牆，氣喘吁吁。

「天啊……天啊……」余曉愁伸手捂住臉，「藍采和那個傢伙，想得也太過頭了吧？喔，等川芎大哥他們回來，他一定會把這事跟他們講的……」

「我想也是。」相較之下，方奎的聲音聽起來很鎮靜，不像她亂了方寸。

「方奎，難道你都不覺得怎樣嗎？」余曉愁放下手，微惱地瞪著自己男友，「明明就是沒有的事……」

「雖然現在沒有，不過未來一定會有的嘛。」方奎認真地說。

「咦？」余曉愁思緒一時轉不過來。

「藍采和說的事，可是在我既定的人生計畫裡呢，曉愁。」方奎露齒一笑，眼神真摯溫暖。

余曉愁眨眨眼，下一秒，霍然想通這些話的含意。她「哇」了一聲，雙手再次捂住臉，整個人蹲在地上，露出的耳朵和脖子都被鮮艷的紅色佔滿。

余曉愁覺得自己的臉燙得不得了，心臟像要跳出喉嚨，可同時也感到巨大的幸福充斥心裡，讓她快要溺斃在裡面了。

方奎這個笨蛋笨蛋笨蛋笨蛋……噢，可惡，我眞的超愛這個笨蛋！

余曉愁呻吟了聲，好不容易等到心跳沒那麼激烈，她抬起猶帶紅雲的臉，看見方奎從口袋裡拿出手機。

「方奎，你要打給誰？」

「我要打給阿湘。」

「阿湘？是要跟他說計畫……啊。」余曉愁不愧與方奎有著極佳默契，話說到一半，瞬間理解過來。她嚥嚥口水，遲疑地開口，「是『那個』吧？你是要跟他說『那個』吧？」

「對，如果計畫眞的成功，用指甲想也知道，他們一定猜得出來東西是阿湘做的。」方奎撥出熟悉的號碼，鈴聲響了一會兒，被人迅速接起。

「喂喂，方奎，你是要、要跟我說計畫成功了嗎？」韓湘緊張興奮的聲音響起，「其實我還偷偷弄了一點小東西，那些點心的香氣，如果仙人、仙人聞到的話，會發生像是安眠藥的效果。啊，這絕對不危險，相反地可以讓人好好休息！」

「我猜會成功。」方奎想起離開林家時見到的景象，他更改了說法，「我想一定會成功的，不管是對藍采和或是藍采和的植物。不過我有個不太好的消息要告訴你，阿湘。藍采和剛好放出了六個植物，鬼針、茉薇、椒炎、紅李、花蕉、香梨。」

另一端，韓湘握著手機瞬間沒了聲音，好一會兒才重重地倒吸一口氣，秀氣的臉蛋刷成慘白。

鬼針、茉薇、椒炎、紅李、花蕉、香梨。

這六個植物都是藍采和至上主義者，他們吃了點心或許不會想找他報復。但是但是，若牽扯上藍采和的話……

玉帝在上哪！那六人裡有四人是小藍植物中最凶狠的武鬥派！

韓湘手中手機掉落，咚的一聲，昏了過去。

目送余曉愁拉著方奎快步跑開，最後消失在巷子轉角處，藍采和的眉眼裡依舊是掩不住的欣喜和笑意。

「哎，希望曉愁和方奎父母見面的事能夠順順利利呢。」

這名少年仙人至今仍不曉得自己的誤會有多大，畢竟在許久許久之前，當他還是凡人之身時，女孩們在十二、三歲時通常都已跟人訂親了。

掛著微笑，藍采和轉身返回屋裡。

但當他一踏上玄關，視線投向客廳，映入眼中的畫面卻令他忍不住呆住了。

維持著一腳還在玄關，一腳已踩上客廳地板的姿勢，他睜大眼，嘴巴微微張開，與自己同樣擺出某種怪異姿勢的六名植物們，瞬也不瞬地互相對視。

不管是鬼針、茉薇、椒炎、紅李、花蕉、香梨，他們六人都將手伸向桌上的點心盒，而從他們單手握拳，被翻開的點心盒內已空無一物的情況來判斷——

很明顯地，他們一人抓了一個點心。

現在是怎麼回事？這是藍采和大腦內第一個浮現的問題，緊接著，他猛然醒悟過來。

「靠杯啦！你們這些傢伙該不會是把要給哥哥他們的……」想到這裡，他倒吸一口氣，秀淨的臉蛋瞬間浮上勃然大怒，立刻三步併作兩步地衝向長桌，「統統把東西交出來！那可是老子特地買給哥哥和小莓花的！」

「你眼睛張大一點，藍采和！」眼見自己主人露出一副要將人碎屍萬段的猙獰模樣，椒炎氣惱地拉高聲音，紅瞳反瞪回去，「老子知道你很重視那兩個人類，他媽的比重視我們……」

似乎覺得說出這話就是示弱，椒炎嘖了一聲，吞下本來想說的句子，眼神越發尖銳凌厲。

「看清楚，你買的那盒還在旁邊，這盒是剛剛那個人類跟水族送的！」

藍采和聞言怔住，下意識移動視線，果然瞧見自己託余曉愁買的蛋糕卷還好端端地擺在桌上，連包裝紙都沒拆過。

藍采和眨眨眼，再眨眨眼，心裡的火氣頓時如退潮的浪花，迅速退得一乾二淨，取而代之的是歉疚感湧冒而出。

「對不起，椒炎……」他低垂著眼，「我不是故意誤會你們的……我只是，我只是……」

看到黑髮少年流露歉疚，椒炎頓覺心裡被扎了一下。他向來對自己的主人只是嘴上不留情，哪捨得見對方傷心難過。

瞥見紅李、花蕉、香梨已用滿懷敵意的目光瞪視自己，鬼針和茉薇眼凍冰霜，黑影、荊棘似乎蠢蠢欲動，椒炎心中的那股罪惡感不禁變得更大。

暗罵自己怎能對藍采和如此嚴厲，他咳了咳，試圖找話安慰對方。但沒想到那顆低垂的黑色腦袋卻在他開口前倏地抬了起來。

「等一下。」藍采和歪了下腦袋，再認眞不過地困惑反問，「所以你們爲什麼要搶那盒點心？」

問題一出口，藍采和越發感到自己的困惑不住膨脹。

他的植物們從來不曾對人類食物表現出興趣，更別說執著了。

想到這裡，藍采和黑眸一瞇，眼中迸射出非要人說個明白的魄力，因爲這太奇怪了。

三姊妹年紀輕，想吃甜點還說得過去。可鬼針、椒炎、茉薇……

困惑轉成狐疑，藍采和再上前一步，仰高頭，眼睛直勾勾地盯住椒炎，不容他閃避問題。

只不過，出乎藍采和意料之外，面前的紅髮少年竟刹那間紅了臉，那抹鮮艷的紅連天生褐皮也掩蓋不住。

「我、我……」椒炎結結巴巴，可無論如何都難以說出眞話，還抓在掌心裡的桃子點心彷彿變燙，燒起高溫。

趁藍采和沒留意之際，他惡狠狠地瞪了自己的植物同伴——王八蛋，你們是不會想點辦法嗎？被藍采和看到的話，大家都別想吃了！

「那……那個，主人。」香梨忽然細聲細氣地開口，待藍采和轉過頭，她卻一時語塞，不知道接下來該說什麼。

「香梨，什麼事嗎？」面對自己這名纖弱的植物，藍采和語氣變得更加柔和。

笨蛋香梨！紅李見狀，在心裡暗罵。她深吸一口氣，忽然伸出手指，對著玄關方向高聲叫道：「川芎大人、莓花大人，你們回來了啊！」

「什麼？哥哥和莓花回來了？不是說要明……」藍采和又驚又喜，反射性扭過頭，然而撞入眼中的卻是空無一人的景象。

沒有川芎，也沒有莓花。

大門壓根沒被開啓。

藍采和一呆，下一秒才回過神來，自己竟是被騙了。他不禁惱怒地轉回視線，打算質問紅李，卻見眾人原本握住的掌心皆已鬆開，嘴巴正努力咀嚼著某種食物。

藍采和目瞪口呆，他怔怔地看著居然做到如此地步的六名植物，也不知道自己該繼續逼問，還是乾脆當作沒這回事，畢竟東西都被吃了。

猛然間，一聲奇異聲響從椒炎身上爆發開來。

「砰」的一聲，椒炎整個人竟被籠罩在一團白霧裡。

緊接著又是「砰、砰、砰」數聲，其餘五人身上也出現相同狀況。

「椒炎、鬼針、茉薇、紅李、香梨、花蕉！」藍采和大吃一驚，急忙伸手想抓住離自己最近的椒炎，可探進霧裡的手卻什麼也沒碰觸到。

吃驚瞬間轉成慌亂，藍采和無法多想，飛快自口袋取出乙太之卡，打算回復仙人姿態，直接強制驅散這些異常白霧。

外形肖似國民身分證的乙太之卡上流轉七彩流光，但沒等藍采和喊出咒語，包裹鬼針等人的不尋常霧氣就已消散。

一、二、三、四、五、六，六抹身影都還在原來位置，沒有少了誰。

「啪嗒」一聲，藍采和手中的乙太之卡掉落在地。他瞳孔收縮，滿臉震驚與震撼，朝一個個植物望去。

這是鬼針，這是茉薇，這是椒炎，這是三姊妹。但是、但是……

「玉帝在上啊！」他大叫出聲，「爲什麼你們全都變小了——」

乍聞藍采和的叫喊，原先還困惑於自己身上究竟發生何事的六名植物登時一震，他們反射性低頭、轉頭。

先是看見一雙小得不該是自己的手，接著看見的是變成幼童模樣的其餘同伴。

不是平常爲了節省力量的省電迷你型，而是貨眞價實的小孩子樣貌！

鬼針眼神冷厲，他的面前忽然展開一截柔軟如布料的黑暗。黑暗飛快扭轉，先是收攏成花苞狀，隨即再攤展開。

空無一物的地板，瞬時平空矗立一面穿衣鏡。

藍采和立刻知道這面穿衣鏡是從哪來的——鬼針扭曲了空間，將何瓊房內的鏡子弄到客廳。

沒有斥責鬼針的行爲，藍采和知道他這麼做的原因，同時心裡也慶幸著對方的力量顯然沒受到什麼影響。

鏡子一出現，植物們馬上爭先恐後地擠上前，順便你撞我、我踹你地揮拳踢腳。

藍采和這時可沒心情在意他們之間的小動作，他站到六人身後，一塊看向鏡子。

鏡子裡，六名孩童與一名少年皆是表情驚愕地瞪著映在鏡面上的倒影。

一秒、兩秒、三秒，所有人腦海裡有志一同地跑出一個名字——

「阿湘！」

「韓大人！」

扔下六名變小的植物，藍采和快步衝向電話，抓起話筒，劈里啪啦地迅速按下一串早已熟記的號碼。

鈴聲持續響著，遲遲沒有人接聽。

等了將近三分鐘，藍采和只能放棄地掛上電話，「靠，阿湘那傢伙鐵定是畏罪潛逃了！」

絲毫沒聯想到方奎和余曉愁是幫凶這件事，藍采和在心裡盤算著之後要怎麼對付這位愛研究亂七八糟的東西、同時也老愛將這些亂七八糟東西放在他人身上實驗的同伴。

讓自己在天界因此對花過敏，之後在人界又害他變小也就算了，現在居然將腦筋動到他的植物身上？

腦海中閃過許多要打上馬賽克的報復畫面，藍采和走回自己植物身邊。

發現他走近，一直緊盯鏡子的六名孩童齊齊抬起頭，圓圓的眼睛全都望著他瞧。

這一剎那，藍采和覺得自己的心底好像被什麼重重擊中。

那些圓圓的眼睛、帶點嬰兒肥的鼓鼓臉頰，還有軟綿綿的身體……他的植物仍是幼兒體時，是多久以前的事了啊？

「喂，藍采和，找不到韓大人嗎？」椒炎不高興地板著一張臉，對自己聽起來奶聲奶氣的聲音感到很不滿。

「采和，我好想趕快變回去。」茉薇撲向藍采和，湛藍的眸子裡滿是泫然欲泣的情緒，

「這樣哪裡不好嗎？最起碼藍采和不用擔心被妳那兩顆大而無用的胸部給悶死了。」鬼針的刻薄並沒有因爲外貌變得稚幼而有所收斂。

「我不喜歡這樣……」

「閉上你那張惹人厭的嘴巴。」轉向鬼針，茉薇方才的泫然欲泣全數收起，她鄙視地冷哼一聲，「再去照照鏡子吧，我從來沒見過長得這麼不可愛的小孩子。采和當年怎麼能忍受幼兒體的你？」

「這些話我可以原封不動地還給妳。」鬼針蒼白的小臉上閃動冰冷的怒意，「以爲自己

就有多可愛嗎？」

「到此爲止，你們兩個不要連這種時候都能吵。」藍采和的聲音介入，他輕鬆地各拎起一人，分開怒目互視的小孩們。

若鬼針和茉薇這時沒有忙著互瞪，他們一定能注意到藍采和的口氣不但不像以往氣惱，反倒充滿著縱容與溺愛。

分開了總是水火不容的兩人，藍采和發覺紅李幾人惴惴不安地站立在一旁。

「紅李、花蕉、香梨，怎麼了嗎？」

「主人……」面對藍采和溫柔的詢問，花蕉可憐兮兮地開口。

「嗯？」藍采和笑容可掬。

「主人，你會不喜歡我們嗎？」紅李抓住他的衣角，小臉滿是緊張不安，「哪，會不會？會不會？」

「會……這樣就不喜歡我們了嗎？」香梨的眸子滿是水光。

「我怎麼……」藍采和話說到一半，硬生生地咬住。面對三姊妹期盼的目光，面對暗中緊張豎起耳朵的茉薇等人，他深吸一口氣，告訴自己現在一定要忍耐住，得先問出自己想知道的事情才行。

斂了斂表情，他示意小孩們全坐在自己面前，接著嚴肅地問，「你們先告訴我，你們到底是吃了什麼？」

「就、就只是普通的點心而已……」椒炎別過臉，倔強地不肯吐露全部眞相，他覺得那太丟臉了。

藍采和又不是摸不清自己植物的性子，但他沒再逼問，而是目光一轉，改望向年齡最小的三姊妹。

他點名了紅李，「紅李，不可以隱瞞我。你們爲什麼非吃那個點心不可？」

「我……」紅李張張嘴，她就是沒辦法違抗藍采和的任何話語，有些結巴地開口，「因爲、因爲……因爲那些點心上面有主人的圖案，所以我們才想吃掉！」

閉眼喊出了這些話，紅李忐忑不安地等待對方責備自己怎麼能吃那種來歷不明的東西。可等啊等，預想中的責備沒有落下。

紅李忍不住偷偷地睜開眼，卻瞧見自己的主人肩膀微顫，彷彿在極力忍耐著什麼。

紅李急了，「主人你不要生氣，我們眞的不是……」

「啊，我忍不住了！討厭啦，爲什麼大家都變得這麼可愛！」不等紅李將話說完，藍采和雙臂一攬，猝不及防地就將三姊妹統統抱入懷中，並且開心不已地蹭著她們柔軟的臉頰，「眞的超可愛的……噢，或許這次我眞該感謝阿湘？我下禮拜再到他家蓋他布袋好了。」

「主、主人？」

「主人？」

「主……人？」

紅李她們呆住了，好一會過兒後才反應過來眼下是怎麼一回事。三張可愛的小臉瞬間迸出光彩，三雙小手爭先恐後地回抱自己最喜歡的主人。

「什麼？紅李、花蕉、香梨妳們太卑鄙了，那是我的位子才對！」茉薇氣急敗壞地擠回去，也非要藍采和抱她不可，「采和、采和，我是最可愛的對吧？采和你也抱抱我嘛！」

茉薇成功擠了進去，她甜軟地撒起嬌來，發現自己臉頰被少年蹭了下，不由得心花怒放。

鬼針和椒炎發誓自己才不會像那四個女人一樣，非爭著藍采和抱。他們一個冷哼，一個咂舌，然後飛向藍采和的肩膀，直接一人抓住一邊。

對於自己被六名孩童包圍不放的情況，藍采和滿心歡喜，天知道他多麼懷念自己植物們年幼時的模樣！

那時候的他們多可愛，總是奶聲奶氣地圍著自己轉。就連鬼針的脾氣也不像現在如此扭曲乖戾——話說回來，自己當初的教育到底是哪裡出了差錯？

這問題只在藍采和心裡一閃而逝，瞬間又被他扔到角落。反正個性已經定型，再怎麼也改不了。

「沒想到阿湘難得做出還不錯的玩意……」藍采和摸摸這位的頭，又蹭蹭那位的臉頰，眉眼笑得如弦月，溫柔得像能滴出水，不過他也沒忘記正事。

「好了，大家稍微散開點，不然我真的完全不能動了哪。」藍采和笑著說道，他伸手朝那個空空的點心盒抓去，想要研究一下。

他將紙盒湊近鼻前，好奇地嗅嗅是否還殘留什麼味道，沒想到一股淡淡香氣竟無預警鑽進鼻子裡。

藍采和一愣，下意識想屏住呼吸，卻已來不及了。

他感覺自己的視線好像剎那間渙散了下，眼前景物變得模模糊糊。他搖搖頭，試圖甩去這份異樣感，發現視野又恢復清晰。

眞奇怪……是錯覺嗎？

「采和？」茉薇語帶擔憂地望著表情不對勁的少年。

「不，我沒事。」藍采和笑笑地站了起來，「我……」

這個字才剛脫出口，藍采和整個人像是驟然被剪斷引線的木偶，身體一偏，倒進了一旁的長沙發內。他雙眼閉起，居然就這麼沒了意識。

「采和！」

「主人！」

「藍采和！」

尖叫聲、大吼聲，客廳裡就像是炸開了鍋，孩童們神色大變，驚慌無比地擁上去。

倒在沙發上的黑髮少年彷彿失去對外界的任何感應，依然緊閉雙眼，呼吸……

「咦？」離藍采和頭部最近的茉薇第一個注意到，她驚訝地睜大眼睛，隨即要全部人安靜下來。

雖然不知她有何用意，但既然事關藍采和，其餘人也依言而行，就連素來與她不對盤的鬼針也沒出聲挑釁。

六名孩童紛紛閉起嘴巴，客廳裡變得格外安靜，靜得像連一根針落地也能聽見。

當然也包括了這個聲音。

呼……呼嚕……

那是一陣細微的打呼聲。

六名植物互望著，最後幾乎不敢相信地瞪向聲音來源處。

藍采和打著呼，明顯睡得正香。

「搞什麼鬼啦……」椒炎垮下緊繃的肩膀，有些惱怒。他剛真的擔心到心臟都快跳出來了，結果這傢伙竟然是睡著了？

即使心裡對自己的大驚小怪感到氣憤，椒炎在抱怨時仍舊將聲音放得極輕，不願吵醒沙發上的藍采和。

「這……盒子裡，好像藏著東西。」香梨撿起從藍采和手中掉下的點心盒，她心細，一下子就找到暗藏玄機之處。

「什麼？哪裡？哪裡？」紅李急急催促。

香梨摸著盒底，接著掀起鋪墊的一層紙板，下面居然夾著一張字條。

所有人湊上前觀看。

正對著字條的花蕉逐一將紙上的字唸了出來。

「給小藍，我送的點心你的植物們有吃到嗎？這是專門針對植物的變小藥。P.S.一般人吃到是不要緊的。再P.S.盒子裡也動了手腳，如果你聞到的話，會忽然很想睡，這能好好地讓人休息一下。最後的P.S.我已經躲到天涯海角，請務必、絕對、拜託不要來找我。阿湘。」

「這些P.S.也太多了吧？」紅李啐道：「我就知道全部都是韓大人搞出來的。」

「那……紅李，我們要怎麼辦？」香梨細聲問著自己的姊妹，「要先替主人去蓋韓大人布袋嗎？」

「唔嗯，這個嘛……」紅李猶豫地沉吟一聲，視線瞄向其他同伴。

他們都想起藍采和見到孩童模樣的自己時，那副溺愛又欣喜的樣子。

於是相同念頭同時躍出腦海——那位大人偶爾還是會做點有用的事嘛！

「算了，反正韓大人的事，藍采和醒來後自己會處理。」椒炎又讓自己身體飛起，輕一彈指，身周立刻浮現數顆鮮紅色珠子。接著他集中意念，一隻手臂上頓時浮上火焰，形狀宛若焰之爪，「我的能力還在，你們的呢？」

「看起來沒問題。」茉薇腳下黑影竄動，墨綠荊棘在她周遭扭曲交纏。

「同意，除非你們有人想親自試試。」鬼針雙手抱胸，背後排列著密密麻麻的黑針。

茉薇細眉揚起，美眸一瞪，挑釁的話語下意識就要吐出。

「你們兩個的深仇大恨留著之後解決，老子不想管，也不想藍采和醒來就得面對你們弄出的爛攤子，除非你們想要他抓狂。」椒炎搶在茉薇之前開口，素來張狂的聲音多了一絲警告意味。

茉薇勉強克制住自己，爲避免一時衝動失手，她乾脆轉過臉，來個眼不見爲淨。

而從鬼針往另一方向別過臉的動作來看，很顯然也是抱著相同心思。

「我們姊妹這邊也沒問題。」紅李出聲，她手中抓著與自己等身高的銀色餐刀。由於身高縮水，武器尺寸也跟著縮水。

在她左右兩側，花蕉和香梨亦各抓著叉子與湯匙。

「能力就不測試了，我們可不想掀了這家的地板，惹得主人不高興。」紅李手一揮，掌心抓著的武器眨眼間消失。

她們三姊妹還擁有另一項能力，那就是操控大地。不過正如紅李所說，一旦施展，客廳地板勢必會毀去大半，然後就要換藍采和表情猙獰了。

「所以呢？喂，椒炎，所以我們接下來要幹嘛？」比起面對鬼針和茉薇，花蕉更願意對與她們交情不好也不壞的椒炎說話。

椒炎環視自己同伴一圈，視線最後落至沙發上那抹瘦弱人影。

「先把藍采和弄到房間躺著吧，哪有人睡覺是躺在這的。」他說。

沒有人提出反對意見。

雖說若使用鬼針的能力，可以相當輕鬆地就讓藍采和回到房間，但誰也不願讓鬼針佔得好處，最後大家達成了分工合作的協議。

六名小小孩童一塊抬起藍采和，小心翼翼地不讓他的身體撞到牆壁或樓梯，一邊慢慢地飛向二樓房間。

將藍采和放在床上後，鬼針他們也落坐於床上，圍著睡得不醒人事的藍采和，誰都不想離開房間。

眾人難得安靜，沒有爭執，沒有針鋒相對，任憑時間點滴流逝。

就這樣，黑夜不知不覺悄然降臨。

◉

楊平與楊安終於等到黑夜降臨。

兩人是兄弟，年近三十，同樣擁有壯碩的身材。同時，還是小偷。

事實上，他們已經在豐陽市進行過數次竊盜行動，或許是運氣好，至今未曾失風被逮。但他們將這歸功於是他們技術好、經驗老道，偶爾也會開玩笑，說這一定是他們名字取得好的緣故。

楊平、楊安，合起來不就是平安嗎？所以他們才能每次都安然無事。

這一次，小偷兄弟相中了新目標，他們從數天前就開始暗地觀察準備下手的屋子。

——朝陽路上的十三號。

與鄰居相比，這棟屋子佔地稍大一些。而且最重要的是，裡面只住著一群年輕小鬼。

根據這幾天的觀察，楊平和楊安確認過屋子裡年紀最大的，只是個像是大學生的年輕人。其餘是兩個六、七歲的孩童，以及一個少年和少女。

似乎是個人口眾多的家族，不過卻不曾見過類似父母年齡之人的出現，他們猜測對方不是過世，就是眞的不在家。

不管怎樣，只住著一群年輕人的屋子，對楊平和楊安來說，相當容易下手。

這對兄弟眞的覺得現在的青少年都太缺乏危機意識。例如在速食店裡，經常大剌剌地把東西扔著人就離開，彷彿不怕有人趁機偷走。

於是，爲了不要辜負這些年輕孩子的好心，楊平他們也不客氣地摸走想要的東西，特別是那些可以賣個好價錢的3C產品。

幸運女神彷彿站在這對兄弟的身邊，楊平和楊安決定下手的這一天，又驚又喜地發現那名大學生帶著最小的小女孩出門去了；接著，就連少女和小男孩也離開屋子。

四人至晚間都尚未歸來。

換句話說，如今這幢偌大屋子，僅剩下一名少年在家，還是一名弱不禁風的少年。

還沒開始行動，楊平和楊安已經可以預料不久後的成功。他們甚至不用擔心會被那名少年發現，憑他們的體格，輕鬆就能制伏那孩子。

確定目標左右兩側屋子熄去最後一盞燈，朝陽路上變得冷冷清清，這對小偷兄弟終於展開行動。

楊平留守車上，同時身兼把風和接應的工作，由身爲弟弟的楊安潛入屋子。

熟練地戴好手套、蒙臉，楊安離開車子，決定從後門入侵。

憑靠著開鎖技巧，他輕而易舉地打開後門，順利進屋。

大宅內一片漆黑靜謐，楊安微屏著氣，摸出後口袋裡的手電筒，小心翼翼地照射四周。

他現在在客廳位置。

他迅速打量一遍，沒什麼値錢的物品擺在明顯處。那台液晶電視看起來不錯，等搜刮完樓上後，可以順便搬走。

初步盤算後，楊安往二樓移動。

二樓房間全緊閉門扉，從門板上掛著的花朵門牌與小熊門牌來看，可以判斷這兩間應該是少女和孩童所有。他們的房間通常能直接跳過，裡面不會有什麼太値錢的東西。

在心中替這兩間打上×，楊安從其他房間下手。幸虧這家人沒有鎖門的習慣，省去了他開鎖的工夫。

將一切動作放至最輕，楊安力求無聲地轉動門把，慢慢推開房門。

由於這間房的窗戶正好對著路燈，因此很幸運地，即使房內無燈，楊安也不須拿手電筒照明。

但當他瞧見床上有隆起物時，不禁嚇了一跳。他瞇眼努力打量，然後在心中暗罵自己的手氣，居然一開就開到了唯一有人的房間！

躺在床上，棉被外只露出腦袋的，正是獨自留守屋裡的少年。

楊安無聲地咂下舌，小心地縮回腳，身體往房外退去。就算自己能輕鬆制伏對方，他也不會蠢到在有人睡著的房間裡翻箱倒櫃。

重新闔上門之際，楊安忽然停下動作。他揉揉眼，覺得好像瞄見床邊有小孩子的人影。

但再定睛一看，房裡只有那名少年睡得不醒人事，完全沒有第三人。

是眼花了吧？楊安暗笑自己的疑神疑鬼，他關上房門，轉而潛入另一間。

光看房內布置擺設，楊安就能斷定房間主人是那名年輕的大學生。

關上房門，楊安用嘴巴咬住手電筒，不浪費任何時間，動作老練地先從床頭櫃下手。他們兄弟從幾次行動中獲得了經驗，床頭櫃和衣櫃最常藏有存摺、印鑑，或是貴重的首飾。

然而就在楊安剛打開床頭櫃櫃門時，他的背後瞬間竄起寒意，露在衣外的皮膚更是豎起大片雞皮疙瘩。

楊安聽見笑聲，是小女孩才會擁有的笑聲。

但、但不可能啊！屋子裡唯一的小女孩，不是出門沒回來嗎？而且他聽見的，分明是……

「嘻嘻。」

「呵呵。」

「咻咻。」

楊安僵住身子，動也不敢動。

夏天的夜晚理應帶點濕熱，可他的背上卻冒出冷汗，寒氣從腳底衝上頭頂。

楊安咬著手電筒的嘴發痠，但他不敢鬆口，也不敢伸手去拿。他的心臟重重跳動，他聽得很清楚，眞的是三個小女孩的笑聲。

哪來的小孩子？爲什麼會有小孩子！

楊安當賊一段時間了，鬼魂幽靈什麼的他根本不相信，否則就不會專挑半夜活動。可是，在他耳邊清晰響起的三道笑聲實在太過詭異。

楊安心臟狂跳，胸口像堵著一大塊冰塊，壓得他難以喘氣。最後他仍是一咬牙，豁出去地猛然扭過頭。

猛烈的動作讓他以爲自己的脖子要扭傷了，但他現在無暇顧及，因爲映入眼中的三抹玲瓏人影令他震驚得張大嘴巴，咬住的手電筒也掉落下去，砸在地板上。

楊安可以很肯定自己進來前，房間明明空無一人，他也沒有忽略門外動靜。既然如此，爲什麼平空出現了三個小孩子？

楊安掩不住驚疑之色，一時竟難再有其他反應，只能傻愣愣地瞪著三個髮色、眼色怪異的小女孩。

紫紅色的眼睛、黃色的眼睛、綠色的頭髮……一般小孩子根本不可能長這樣吧？除此之外，她們衣著怪異，手中甚至還拿著與她們一樣高的……餐具？

楊安幾乎懷疑自己是不是眼花了。可無論他怎麼看，抓在小女孩手中的，的確是餐刀、叉子和湯匙。

「人類，誰允許你跑到這房間來的啊？」黑髮紅眸的小女孩將餐刀向前一指，威風凜凜地斥罵道：「要是你乖乖離開就沒事了，竟還敢像老鼠一樣亂鑽亂竄？」

「你可不要以爲這裡是什麼遊樂區喔，這裡不是讓人觀光用的！」紮著兩個圓髻的棕髮小女孩扠著腰，琥珀色的眸子睜得又圓又大。

「不……是的，他是一種叫作『小偷』的人類。」抱著湯匙的綠髮小女孩輕聲地說，「專門偷東西的，他想偷川芎大人房間裡的東西。」

「偷東西？那當然不能原諒！花蕉、香梨，宰了他！」黑髮紅眸的小女孩沉下小臉，怒上眉梢，猛然提起餐刀衝出。

另外兩名小女孩依言跟上。

楊安覺得眼前景象太過荒謬，他開始懷疑自己在作夢。但眼見一把亮晃晃的餐刀向自己劈來，還是下意識閃躲了。

楊安有些狼狽地滾到一邊，撞擊到地面的疼痛讓他眞正回過神來。他看見餐刀刺進床鋪，而黑髮小女孩的臉色則是隨即大變。

「慘了，這是川芎大人的床，主人會不高興的！」黑髮小女孩懊悔地喊。

「那我們換別招！」棕髮小女孩準備將叉子拄地，卻遭另一名小女孩拉扯制止。

「不……可以，會破壞地板的。」綠髮小女孩憂心地說。

雖然不知這三個怪異小女孩在胡言亂語什麼，可楊安已沒了一開始的驚疑。他瞪著似乎陷入困境的小孩，她們有手有腳、有影子，就算髮色、眼色奇怪，手裡抓著餐具，身上穿的衣服也不像一般童裝……

沒錯，不管怎樣，那就只是三個小鬼而已！

楊安表情瞬間轉成凶惡，他朝床上的小女孩們撲過去，打算抓住她們，不讓她們礙事。

「煩死了！這不能做，那不能做，是要我們召鬼來嗎？」紅李暴躁地說，她飛快躍起，用刀柄撞向朝她們撲來的男人，緊接著以不可思議的敏捷在半空扭轉過身，右腳迅雷不及掩耳地掃上對方臉頰。

楊安還不知道發生什麼事，疼痛就已從他肚子和臉上爆開。

他跌到門口，半截身子撞在走廊地板，這陣聲響在漆黑寂靜的大宅裡異常刺耳。

「我不管了！椒炎、茉薇，隨便你們誰來解決這傢伙啦！」紅李浮在半空，不悅地嚷道。

躺在地板的楊安不敢置信地睜大眼。怎麼可能？那小鬼竟然浮在空中！

巨大的震驚籠罩楊安，下一剎那傳進他耳中的小男孩聲音，差點令他嚇得跳起。

「妳們三姊妹會不會太沒用了？弄出那麼大的聲音，是怕吵不醒藍采和嗎？」

楊安沒有急著尋找聲音是從哪來的，因為他的注意力全被黑暗走廊上驀然亮起的火焰奪走。他慘白著一張臉，看著鮮紅火焰亮起，一簇、兩簇、三簇。

接著火焰中平空顯露一抹人影。

紅髮紅瞳、一身褐膚的小男孩神情不滿，眼神淩厲無比地瞪著他。

「囉嗦，有辦法換你試！」紅李與她的姊妹們飛出房外，在走廊上一字排開，「不准弄壞屋子，不准殺了這人，有辦法你試給我們看啊！」

「妳以爲這種小事老子辦不到嗎？」椒炎手背瞬間覆上緋紅烈焰，如同一隻巨大的焰之爪。可在他準備出手攻擊之際，那隻揚起的手竟又硬生生收住。

椒炎的表情像是想要咒罵，但只能隱忍。

紅李她們卻是一看就明白了，椒炎根本沒有什麼溫和又不重傷人的攻擊招式。

於是，毫不掩飾的嘲笑掛在三張白嫩小臉上。

楊安一點也沒留心那幾個小孩在說什麼，他白著一張臉，顧不得身上殘留的疼痛，惶惶然爬起，趁小孩們沒注意，連滾帶爬地衝下樓。

要立刻離開這奇怪的鬼地方，要通知老哥……立刻離開這奇怪的鬼地方！

「眞不敢相信，你們就任憑這傢伙逃掉？」

突然間，另一道稚氣的清脆嗓音落下，並且來自楊安背後。

楊安大駭，反射性地回過頭，透過走廊上亮起的火光，呈現在眼前的恐怖畫面讓他絆到了腳，整個人從樓梯最後幾階滾到一樓。

他摔得頭暈眼花、眼冒金星，可卻不敢在地板多趴一秒。他驚恐地抬起頭，瞳孔收縮，恐懼讓他的表情變得扭曲。

楊安前一刻見到的恐怖畫面並沒有消失。

一名金髮藍眸的紅衣小女孩仍站在樓梯上，從她腳下竄冒出的大量荊棘狀黑影就像一頭張牙舞爪的怪物，鍥而不捨地追著他，直逼而來。

楊安轉身就逃，但一切都來不及了。

像是不該存於世上的黑影纏抓上他的身體，他掏出手機，想向屋外的兄長求救。

「老哥！救命！這屋子有妖——！」

慘叫聲戛然而止，茉薇讓黑影扔下被她奪走意識的楊安，一腳俐落地踩碎了手機。

「誰讓你吵采和的，那聲音真是難聽死了。」

楊平被手機裡傳出的慘叫嚇得幾乎跳起。

發現聲音突然中斷、只剩詭異的無聲，他緊張地對著手機大叫弟弟的名字，但不論喊多少次，手機另一端再沒傳來任何聲響。

不安感襲上心頭，楊平沒辦法繼續待在車子裡了。他立刻打開車門，從楊安開過鎖的後門潛進這幢門牌號碼為「13」的屋子裡。

到底出了什麼事？阿安到底怎麼了？

就算心底萬分焦急，楊平還記得自己是個小偷，他沒發出多餘聲響，順利地從黑漆漆的廚房來到客廳。

客廳裡同樣一片黑暗，並且安靜得不可思議。

周遭靜悄悄的，丁點奇異聲音也沒有。彷彿他前一刻在手機裡聽見的慘叫不過是錯覺。

但那聲叫喊實在太淒厲，並帶有濃得化不開的恐懼，楊平怎樣也無法忘記。

「老哥！救命！這屋子裡有妖——！」

阿安最後喊的究竟是什麼？妖？妖怪嗎？

不可能，世界上哪來這種東西！楊平毫不猶豫地拋棄這個太過荒謬的念頭。他直覺自己弟弟一定是被人偷襲，驚慌失措下才會喊出那種奇怪的句子。

也就是說，唯一留在屋子裡的那個少年發覺楊安正在行竊，所以出其不意地展開偷襲。而他既然聽見了楊安最後的呼救，現在一定也知道還有同夥！

想到這裡，楊平馬上先找了一張沙發當作掩護蹲下。他豎起耳朵全神聆聽，確定黑暗中再沒有藏匿自己以外的人。

確實丁點聲音也沒有。

躲在沙發後半晌，發現四周沒什麼異響，楊平打開手電筒，試探性地往沙發外快速照了一圈。

同樣地，沒看見什麼可疑身影。

也許那個少年躲在二樓，正等著自己自投羅網！

楊平眼神變得凶狠。一般來說，他們只會行竊，但若是必要，也會採取一些暴力手段。關掉手電筒，楊平憑靠方才一瞥而過的記憶，決定直接摸黑上樓，尋找弟弟的蹤跡。當然，他也不會讓他倆白跑這一趟的。

楊平抓著樓梯扶手，一階一階地上樓。

二樓走廊一片漆黑，頂多能看見模糊的門板輪廓。

確認自己終於踩上最後一級階梯，楊平身體警戒地繃起，不敢掉以輕心。他謹慎地背對著二樓欄杆移動，這樣就不怕身後有人偷襲，只須留意前方。

只不過才走了幾步，他就發覺腳下似乎踢到什麼，反射性僵住不動，過了幾秒，發現那東西並沒有任何動靜，他才大著膽子，打開手電筒查看。

光線一照，楊平大驚，他慌忙地蹲下身子，把面朝地板、雙手遭到反綁的男人翻過來。

那不是別人，正是對著手機慘叫後便失去消息的楊安！

「阿安、阿安！」楊平壓低聲音，緊張地喊。他以手電筒光迅速檢視弟弟全身上下，幾乎要爲弟弟的遭遇感到悲憤了。

將人弄昏、雙手反綁也就算了，居然還脫光上衣，用繩子在身上綁了龜甲縛！

混帳，小偷也是有尊嚴的！

「阿安，是那個小鬼對你做的嗎？喂，阿安，快醒醒！」楊平使勁搖晃弟弟身軀，好不容易見對方終於有恢復意識的跡象。

楊安慢慢地睜開眼睛，第一眼看見的卻是一張逆著光的嚇人臉孔。媽呀！楊安嚇得魂都快飛了，若不是那人伸手捂住他的嘴，恐怕他已扯著喉嚨尖叫出聲。

「白痴，是我！」楊平咬牙切齒地罵道，他還沒忘記自己現在在哪。這是別人家，而他們是小偷！

「老、老哥……」楊安勉強定了定心神，認出眼前的正是自己的兄長，「你怎麼……我怎麼……」

楊安下意識掙扎坐起，卻發現自己的手被綁住，上半身還用繩子纏縛出龜殼般的花紋。楊安張口結舌，錯愕地瞪著自己的身子。

「是誰將你弄成這樣的？你還記得發生什麼事嗎？」楊平追問，「你眞的吃了那小鬼的虧？」

「小鬼……」起初楊安神智有些茫然，但他逐漸想起了一些事，驀地刷白了臉，「那些小鬼……不對，那根本就是妖怪！」

「那些妖怪？」楊平注意到不對勁之處。楊安用的是複數，但這間屋子不是只有一個少年嗎？還有，妖怪又是怎麼回事？

不等楊平問出口，楊安已驚惶地叫道：「老哥，快幫我鬆綁！我們快點離開這，這屋子……這屋子有妖怪啊！」

「笨……！你是不會小聲一點嗎？你以為我們在哪？」楊平立刻斥罵，不敢相搭檔多次的弟弟竟然不懂控制音量。

見兄長明顯不把自己的話當一回事，楊安也急了。顧不得雙手還被綁著，硬是站起來，一心只想趕緊找到出口。絕對不能再留在這鬼地方，否則那些妖怪小鬼一定會出現的！

想起先前見到的畫面，楊安忍不住直打哆嗦。除了妖怪，他想不出還能稱他們是什麼。

「喂，阿安！」沒料到楊安眞的打算離開，楊平不禁火大。開什麼玩笑，他們可是什麼都還沒偷到！「你發什麼神經？一個小鬼就把你嚇得屁滾尿流了嗎？」

「就算不偷也無所謂！誰知道再待下去會發生什麼事，我才不想……」楊安原本是想說「不想把命賠在這」的，但他忽然閉上嘴巴。

他閉上嘴的原因不是因爲目睹到什麼嚇人景象，而是因爲他發現原先怒氣沖沖的楊平，此刻正白著臉，震驚地瞪著自己身後。

我後面有什麼？不就是有光……楊安慢一拍地驚悟到一件事，背上猛地竄上寒意。

爲什麼自己身後有光？屋子不是沒開燈嗎！

哽著一口氣，楊安臉色煞白地轉過頭，瞬間發出了不成調的悲鳴。

二樓欄杆外，竟平空浮立一簇簇鮮紅火焰。火焰約莫巴掌大小，驅散了部分黑暗，讓人得以大略視物。

可不管是楊平或楊安，都無法爲此感到鬆一口氣。相反地，畏怕如同毒蛇纏爬上他們的心頭。

下一秒，火焰一分為二、二分為四，四再擴散成八。

多簇火焰映亮二樓。

「你們真的是白痴嗎？當這裡是哪裡？想來就來，想走就走嗎？」不屑冷哼落下，火焰前出現一抹矮小身影。褐色皮膚的小男孩雙手抱胸，銳利紅眸像要在兩兄弟身上刺穿好幾個洞。

「鐵定是白痴的嘛，來了一個又來一個。」第二道嗓音緊接響起。

楊平和楊安驚恐地迅速轉頭。走廊另一端，一名黑髮小女孩領著與她年紀相仿的兩名小女孩，她昂起下巴，給人好勝印象的紫紅色眸子不客氣地直瞪著他們。

「隨便怎樣都行，快點解決他們，我可不想呆和受到打擾。」又一道不同的小女孩聲音傳來。

楊安看見身穿紅衣的玲瓏身影時，無法抑制地扭曲了臉，可怕的回憶頓如潮水湧來，他手腳發冷，身體虛軟。

「說得好，我已經感到不耐煩了。」最後這道聲音，連楊安也沒聽過。

他與楊平戰戰兢兢地望向聲音來源處，駭然地張大嘴。

火光照耀下，他們清楚瞧見二樓欄杆上突然出現一團詭異黑暗。黑暗像是某種柔軟的布料，一片片地攤展開來，中心浮立著一名黑髮白膚的小男孩。

即使外貌稚幼，但異常蒼白的膚色，以及那雙狠戾惡毒的眼睛，都教楊平二人感到毛骨悚然。

但是，嚇人的不僅是這名小男孩的突然現身，還有密密麻麻浮在他身後，讓兩兄弟完全不敢想像的無數漆黑長針。

「哇喔！鬼針火大了，後果嚴重啦。」紅李咯咯笑道，小臉上滿是掩不住的幸災樂禍。

楊平和楊安不明白小女孩在說什麼，不過他們也不想明白，他們現在只能思考一件事。

那就是——逃！快逃！

從喉嚨發出淒慘的尖叫，這對小偷兄弟再也無力思考其他，連滾帶爬地衝下樓梯。

一到客廳，他們甚至忘了自己是從後門進來的，眼中只有最近的玄關大門。

楊平一把抓住門把，動作粗暴地想推開大門。

然而怪異的事發生了，就算解開鎖，大門竟文風不動，不管楊平再怎麼推、怎麼撞，都是徒勞。

楊平不敢相信，他與楊安對望一眼，在彼此眼中看見相同的恐懼和絕望。

眼見六名孩童已從容地或站或坐在樓梯口，別無他法下，兩人只能想到報警。

對，向警察求救！

「電話！快打一一○！」楊平歇斯底里地大喊。

恐懼擊垮了他們的理智，他們忘記自己是小偷，忘記自己的身上就有手機。

楊安發現櫃子上的電話立刻一個箭步衝上，可當他站在電話前，卻又後知後覺地醒悟到自己的雙手還被反綁在背後。

「你是要打電話嗎？」一道聲音熱心地問，隨後話筒被拿起，遞到楊安面前。

「謝了。」楊安趕緊將話筒夾在頸窩，但他依舊沒能按下數字鍵，只好向那位好心人士再次尋求幫助，「能不能再幫我撥個……」

楊安忽然沒了聲音，他瞪著跑到眼前的楊平，他的兄長正用驚恐的表情回瞪自己。

所以、所以……剛說話的是誰？剛拿起話筒的人是誰？

兄弟倆渾身僵直，宛如慢動作般緩緩地扭過了頭。

電話旁，木頭櫃子上，一名半透明的中年男人正從牆壁裡探出半截身子，表情期待地注視他們。

「還需要幫什麼忙嗎？儘管說沒關係。」中年男人笑咪咪地說。

楊平和楊安卻再也沒有開口說話，他們眼一翻，同時昏了過去。

「嘿！嘿！就算我是個英俊瀟灑的大叔，也不用激動到昏倒吧？」外表看似幽靈，但真實身分其實算是林家守護神的約翰急忙大叫：「哈囉！有聽到我在說話嗎？我們可以聊聊天，起碼讓我對自己的存在感有點自信……」

約翰發現那兩個陌生人身邊忽然浮出一截黑暗，隨後鬼針落足其上，他瞬間刷白半透明的臉。

「不不不！就算沒有存在感也沒關係！我只是路過的普通大叔，我現在要回地下室了！」絲毫不敢多逗留一秒，見到鬼針就會引發心理創傷的約翰迅速消失於牆壁之後。

接著，只聽見通往地下室的門大力地震動一下，像是約翰在證明自己眞的已經回到地下室了。

鬼針從頭到尾都沒有瞄向約翰，也可能是根本沒察覺到對方。他俐落地一彈指，看著黑暗從兩個小偷身下竄出、展開，接著一舉包圍他們。

下一剎那，黑暗連同小偷消失得無影無蹤，彷彿不曾存在過。

「你把他們弄到哪去了？」茉薇優雅地在他身旁落下。

鬼針難得沒說什麼刻薄的話，只是嘲弄地一彎嘴角，冷笑說：「誰知道呢？」

楊平和楊安猛然摔在硬邦邦的地面上，巨大的疼痛讓他們瞬間清醒過來。但還沒來得及弄清眼下是怎麼一回事，他們的頭頂上已砸下東西。

兩兄弟反射性地尖叫、揮手撥擋，他們的心靈已經沒辦法承受絲毫驚嚇了。

等到楊平發現自己好像抓到一截柔軟的布料，他定了定心神，將手伸到眼前。

楊平不禁呆住了，自己手裡竟然有一件女性內褲。

而楊安抓到的則是一件胸罩。

淡淡月光下，那素雅的顏色，還有繡在邊側的花邊，不論怎麼看都是女性的貼身衣物！

兄弟兩人迅速回過神來。他們錯愕地瞪著手上物品，再抬起頭瞪向彼此，兩張臉浮現茫然，像是難以理解怎會突然出現這種東西。

下一秒，他們同時急急站起，隨即震驚無比地發現到，他們目前已經不在那間恐怖又嚇人的屋子了，而是位於不知何處的大樓陽台！

四周黑漆漆一片，低頭往圍牆外望去，可以發現樓層相當高，是一跌下去會小命不保的可怕高度。

為什麼我們會在這裡？當這個念頭反射性進入楊平和楊安的腦海裡時，原先被黑暗籠罩的陽台另一側驀然亮起燈光。

房內的燈被打開了。

楊平和楊安嚇了一大跳，他們現在仍弄不明白是怎麼一回事，只能下意識轉頭看向房間。隔著遮住落地窗的窗簾，他們瞧見一抹人影越靠越近。

下一剎那，窗簾被一把扯開。

一名長髮散亂、臉上戴著眼鏡，明顯一看是從睡夢中驚醒的年輕女子，滿臉驚愕地站在落地窗前，似乎沒想到會在陽台看見兩個陌生人。

若是平常，楊平他們定會留意到對方是個美麗的女人，或許會忍不住起色心。可在飽受連串超出負荷的驚嚇後，這一刻，他們對於自己終於見到普通人這件事，感動得想痛哭流涕。

他們沒察覺女子的視線落及他們手上抓著的內衣褲時，隱在鏡片後的美眸瞬間褪去驚愕，取而代之的是冰冷殺氣四溢。

落地窗被「唰」的一聲打開。

楊平二人抬起頭，總算注意到女子臉上如覆冰霜，身周的騰騰殺氣更是讓人不禁呼吸一窒。

他們一愣，接著才慢半拍地想到自己手上抓著什麼。

「啊啊？居然有種到這種地步？」低沉危險的男聲無預警傳來。

就在楊平和楊安仍在驚疑怎會有男人聲音之際，長髮女子身旁忽然浮起淡淡的灰色霧氣。

那縷灰霧繞著女子遊走半圈，旋即竟變幻出一抹高壯身影。黑髮獨眼的男人一身駭人的狂暴之氣，僅存的碧綠眼珠閃動著嗜血光芒。

楊平、楊安頭腦一片空白，他們軟了腳，「撲通」地跌跪在地，怎樣也沒想到自己竟會再度碰上非人類。

「喂，張薔蜜，這種不入流的貨色我可以吃了吧？他們可是碰了妳平常絕對不讓我碰的東西。所以可以吃吧？可以吃吧？老子就是要吃！」男人猛地猙獰了表情，碧眸暴怒。

「你要是吃人，我就會直接把你掃地出門了，於沙，不管你是不是剛擁有意識跟身體。」長髮女子淡淡地說，她推扶下鏡架，瞥向楊平他們的目光依舊異常冷酷，「除了宰了他們，其他隨便你怎麼做。」

拋下這句話後，女子轉身回到房間，還不忘順手拉上落地窗跟窗簾。

至於被留在外面的高壯男人，他瞬間露出像是肉食性生物的眼神鎖定楊平二人。

這對被誤當成內衣賊的小偷兄弟血色盡失。面對步步逼近的可怕男人，他們打從心底發誓，只要能平安見到明天的太陽，他們絕對洗手不幹，再也不當什麼小偷了！

小偷這行業，眞他媽的太危險了啊——

韓湘的祕密計畫失敗之後

從冰箱拿出罐裝咖啡，林家長男「啪」的一聲拉開拉環，大口嚥下冰涼的飲料，這才覺得自己終於又從瀕死境界活了過來。

這話聽起來似乎誇大了些，但川芎可不認爲哪裡言過其實。這幾天他可說都關在房間裡，被迫過著與報告和稿子爲伍的日子。

對，報告與稿子。

雖然一天到晚幾乎都在被責任編輯問候稿子進度，有時候川芎都要認爲他的人生好像就只剩下交稿與拖稿——後者絕對佔了大多數——但是，小說家這個職業，其實只是川芎的兼職，他眞正的本業叫作「大學生」，還是中部某間國立大學的中文系學生。

或許在某些人眼中看來，相較於其他系，中文系好像很輕鬆，顧名思義就是唸唸中文。不過這話要是讓川芎聽見了，他會陰沉著一張本就不怎麼可親的臉，叫對方把話吞回去。

差不多三天一份小報告、五天一份大報告，是哪裡輕鬆了？

暑假剛結束，川芎險些要被那些如山砸來的大小報告壓得喘不過氣，更不用說他同時還得兼顧稿子。

於是，一旦碰上兩方交期重疊，川芎都覺得自己彷彿死過一輪。

就在剛剛，他好不容易搞定系上報告，接下來只剩下稿子，他立刻用稱得上「奪門而出」的速度逃離了房間，只想暫時休息一下，好好地呼吸新鮮空氣。

將剩餘咖啡一飲而盡，川芎吐出一口氣，坐在廚房椅子上，腦袋放空了一會兒，總算有餘力注意到自家難得如此安靜。

藍采和從天界歸來後，家中沒有一天不充斥著吵嚷的聲音。是有點吵，可是，也很熱鬧。

川芎將沖洗乾淨的咖啡罐扔進回收用的垃圾桶，舉步離開廚房。

偌大客廳裡與方才見到的一樣，沒有人在沙發上看電視。

「莓花？」川芎下意識喊了寶貝妹妹的名字，隨即拍下額頭。他又忘記暑假已經結束，莓花也回到幼稚園上課了。

雖說晚點就能見到那張可愛天真的小臉，但剛從報告地獄脫出，正需要心靈撫慰的川芎，還是忍不住感到有絲寂寞。

把自己扔到沙發上，川芎突然連動也不想動。他懶洋洋地閉上眼睛，正當意識逐漸模糊之際，忽然聽見一聲呼喚。

「哥哥？」那是藍采和的聲音。

川芎瞬間想起除了自己，藍采和也待在家，只不過他沒製造出什麼騷動，才會讓人一時忘了他的存在。

川芎反射性睜開眼睛，頓時看見一名膚色過於蒼白的秀淨少年站在沙發椅背後，低頭好奇地看著自己。

若川芎只單純看到藍采和——那名與八仙同名，實際上也是八仙之一的少年——也許他僅會應一聲，便再次閉上眼。

可是他看到的偏偏不只對方，他同時瞧見沙發椅背上攀附了好幾雙小手臂，五張小巧臉蛋正瞬也不瞬地緊盯著自己。

「哇！幹！」川芎嚇了一大跳，身體下意識彈起往後退，卻忘了他現在正待在沙發上。

「哥哥！」眼見川芎要跌落沙發，藍采和心裡著急，連忙伸手想扯住對方，但他的動作不夠快，接住川芎的是另一隻手臂。

川芎只感覺一隻手掌撐住自己的背，接著被施力撐扶起來，讓他得以好好躺回沙發上。

川芎壓下驚魂未定的心情，這才有餘力轉頭。納入他眼中的是一名高大的白髮男人，身上穿著古風服飾，一雙眼睛是奇異的銀白色，眼下還有兩道獠牙似的白紋。

面對衣著十足詭異的男人，川芎卻毫無驚詫，最多是揚了下眉毛，「你什麼時候出現的？還有，謝了。」

「剛剛。」白髮男人簡潔回答第一個問題。下一秒，他身上忽然發生異常變化。

「砰」的一聲，原本站著白髮男人的位置已不見高大身影，取而代之的是一名黑髮黑瞳的小男孩。

「不客氣。」張果突然再次開口，年幼的聲音稍嫌清冷。

川芎愣怔了好一會兒才反應過來，對方是在回覆他先前的那句道謝。

即使已不是第一次，但每每面對張果慢一拍的回應，川芎仍忍不住啼笑皆非。

將笑意吞回去，川芎轉過視線，臉上的表情在面向沙發椅背那側時，驟然變得險惡。

「這是怎麼回事？」川芎一個字一個字地問，緊接著他撐起上半身，拉高了聲音，「藍采和，這幾個看起來超眼熟的小鬼是怎麼回事？不要告訴我是你偷生的，還一生生五個！」

「咦？哥哥你在開什麼玩笑嘛，當然不是我生的。」藍采和先是一愣，然後笑著揮揮手，「而且我是男的，怎麼可能會生？」

「你要是會那才眞的恐怖了……老天，這只是一種……算了。」川芎抹了把臉，重新放下手時，那五名孩童仍舊眞眞切切地存在，不是幻覺。

彷彿看不出林家長男有多麼吃驚，五名小孩睜著圓圓的眼睛——不對，有一人的眼睛是閉上的，但他的臉準確無誤地轉向川芎。就是這令人熟悉的小動作，讓川芎只能說服自己接受現實。

「我再問你一次，藍采和……這是風伶、赤珊瑚、天堂、滿天星、相菰沒錯吧？爲什麼他們會變成這種矮不隆咚和糯米糰沒兩樣的德性！」川芎離開沙發，手用力一揮，強硬地表明態度，非要藍采和說清楚不可，「而且還全是黑頭髮、黑眼睛！」

「哎呀……」藍采和刮刮臉頰，黑眸跟著瞥向自己身旁的五名幼童。

那些的確是他的植物沒錯，只不過現在的他們不是節省力氣的迷你體型，而是貨眞價實的小孩姿態。從那些短短又帶著肉感的手臂，還有保留些許嬰兒肥的小臉蛋來看，大約能推斷出他們的外表年齡應該是三、四歲上下。

而且原先異於常人的髮色和眼色，此刻統統變成再正常不過的黑色。

可以說，眼下的風伶、赤珊瑚、天堂、滿天星、相菰，乍看下就像普通的人類小孩。

「嘿，林川芎，說是糯米糰就太不對了哪。」留著一頭長鬈髮的小女孩俐落地坐上沙發椅背，小腿踢晃，五指伸出一翻轉，眨眼間手裡已握住一柄有她半人高的華麗摺扇。

扇面飛快展開，遮住半張臉的小女孩咯咯嬌笑，稚嫩的眉眼間流轉一絲奇異的妖冶。

「再怎麼說，你應該也稱我是華麗、而且阿蘿絕對會愛上的糯米糰。」

川芎裝作什麼也沒聽到，他對紅蘿蔔和白蘿蔔之間的那點事完全沒有任何興趣。他也絕對不想知道擁有人形的赤珊瑚，爲什麼就是不願放棄追求阿蘿——事實上，這在籃中界也一直是無人能解開的世紀大謎題。

「川芎大人，難道你不喜歡糯米糰嗎？」綁著單邊髮髻的另一名小女孩問，她眨眨漂亮的大眼睛，身形下一刹那幻化成無數星星光環。

當所有星星光環再次聚集，小女孩已像是隻無尾熊地扒在川芎身上，小手還不偏不倚地擱在他的胸膛前。

「話題是什麼時候變到糯米糰上了？」川芎翻下白眼，「不管我喜不喜歡……滿天星，把妳的手拿開！不要一直亂摸！」

「欸欸欸欸？不能摸嗎？」滿天星大受打擊，「我還以爲你應該更可以接受這樣的我耶。而且我的手那麼小，就算我摸遍你的全身，你應該也不會有什麼感覺才對呀，川芎大人。」

靠！這是什麼性騷擾台詞？最恐怖的是，這話還從一名外表三歲大的小女孩嘴裡說出來。

川芎還沒來得及吐槽不管她的外表是七歲還是三歲，他都沒興趣讓個小丫頭對自己毛手毛腳，他就感覺到某種冰涼的觸感輕抵著他的頸後皮膚。

「你對小星是有什麼意見嗎？」冰冷的小男孩聲音響起，「小星想摸不可以嗎？」

自從認識藍采和跟他的那群植物後，川芎發現自己翻白眼的次數變多了。即使不回頭、不去算眼前的小孩子軍團少了誰，川芎也猜得出來身後是誰。

——重度迷戀滿天星的天堂，還是拿著鐮刀的。

「藍采和。」川芎只喊了一聲。

「知道了，哥哥。」藍采和笑咪咪地彈下指，然後也喊，「會長。」

「唔啊，雖然好可惜……可是既然是采和主人，不，是副會長的意思……」滿天星放開大吃川芎豆腐的小手，玲瓏身軀瞬間又化成星星光環，一陣風似地颳捲到川芎身後。

川芎還沒轉過頭看是發生什麼事，就瞧見天堂被星星光環繞住身體，拉到沙發上坐著。

「好啦，天堂，采和主人要我們乖乖坐著呢。」變回人形的滿天星笑嘻嘻地說。

「妳就只會聽藍采和的話……」就算外貌稚幼也依然好看的小男孩不悅地嘟囔。可在發現滿天星偎靠著自己而坐、軟軟的身體貼著自己時，他閉上嘴巴，紅了臉，努力地把自己的身體再往滿天星的方向靠近。

忽然間，川芎感覺自己的褲管被人拉扯一下。他納悶地低下頭，望見外形變得更幼小的相菰正仰著清秀的小臉蛋，眸子眨巴眨巴地瞅著自己。

「幹嘛？」川芎皺眉問。

「川芎大人……」相菰戳戳手指，一副扭扭捏捏的姿態，「那個啊、那個啊，我能不能問你一件事？」

「要問什麼？」川芎眉頭皺得更緊，卻不是生氣，這只是他習慣的小動作。

「就是……」相菰扭動了下身子，小臉慢慢紅了，「你覺得薔蜜大人會不會更喜歡我現在的模樣？像小藍主人就很喜歡呢。」

「因爲眞的太可愛了啊，大家。」藍采和說著，臉上是喜孜孜的表情。

川芎甚至覺得自己在他背後看見許多盛開的粉紅色小花。

「這幼兒的模樣如果能讓主子開心，那麼，我也會由衷地感到高興。」不管外表有沒有變小，依舊一身嫻雅氣質的風伶，抱住一束平空變出的鈴蘭花，花朵外還籠著淡淡的微光，如同一個防護罩，不讓藍采和因此過敏狂打噴嚏。

風伶跳下沙發，熟門熟路地在客廳裡走動，流暢的動作一點也不像無法視物。他找到了一個插著人造花的花瓶，拿出裡面的花，再將自己變出的鈴蘭塞進去，接著抱起花瓶，走回藍采和身邊，小手舉高。

「主子，給。」

川芎果斷地將目光從那對和樂融融的主從身上移開，他再度低下頭，相菰仍滿臉期待地等候他的答案。

川芎嘆口氣，他想，有時候還是得把事實說出來，就算這有些殘忍。

「相菰。」他蹲下身，沉痛地拍上他的肩膀，「說實話，你現在的模樣別說是在張薔蜜的好球帶附近，根本就是位在她好球帶的光年以外了。」

相菰睜大眼睛，淚水打轉，嘴唇顫抖。

下一秒，原形是三色菇的小男孩悲痛萬分地淚奔而去。

川芎還眞沒想到相菰居然知道什麼叫作「光年」。

「可憐的相菰。」赤珊瑚合起扇子，搖頭嘆氣，「愛上不該愛的人，就像我一樣。」

「個人認爲妳的例子完全不能作爲標準來論斷，赤珊瑚。」風佮平靜地說出一針見血的話，「那已經在討論範圍外了。不，就算是像川芎大人說的光年外也不爲過。」

「不能再同意更多。」天堂冷哼一聲。

「哎，話不是這樣說的。」滿天星倒是持不同意見，「戀愛是可以跨越一切的唷。只要有愛……」

「阿蘿想必不對赤珊瑚抱持這種情感。況且，他們之間要是戀愛，恐怕可以升格成跨越次元般的問題了。」風佮的語氣依舊溫和沉靜。

要不是時機不對，川芎還眞想笑出聲來。他和風伶相處時間不算多，只知道對方算是藍采和植物中最有常識的，性子溫馴、立場中立，鮮少像其他人一樣製造出騷動。

不過他到現在才知道，原來風伶的發言能犀利到令人覺得有趣的地步。

林家長男咳了咳，努力吞回笑聲。他拍下雙手，讓響亮掌聲中斷這場越來越偏的談話。

「好了，不管你們現在想說什麼，全部給老子暫停。」川芎沉聲說。

「茶。」

旁邊忽然遞來一個茶杯。川芎愣了下，轉過頭，看見張果不知何時倒了一杯開水過來。

「啊，謝謝。」他接過茶杯，喝了一口水後，才再次環視客廳裡的所有人，最後視線定在藍采和身上，「藍采和。」

「是，哥哥請說。」

「你的這群植物爲什麼會變成這德性？二十個字以內把所有的一切給我解釋清楚！」

「報告哥哥，不用二十個字那麼多的。」藍采和擺出敬禮姿勢，「只要兩個字就行了。」

「兩個字？」川芎狐疑地抬高眉梢。

「對，兩個字。」藍采和笑容滿面地豎起一根手指，再豎起另一根，「阿、湘。」

阿湘？韓湘？

聽見八仙另一人的名字，川芎馬上明白一切，甚至不須做什麼推測。

因爲凡是牽扯到那名喜愛研究亂七八糟東西的少年仙人，都可以直接得到一個公式——韓湘又發明了什麼，韓湘又讓誰吃了他發明的什麼。

川芎耙梳了下髮絲，一屁股坐進單人沙發內，總算明白風伶等人爲什麼會變成小孩子的模樣。

「但你沒事怎麼會讓韓湘實驗成功？還是對你的植物？」川芎很清楚，就算三不五時發飆要把自己的植物這樣跟那樣，但藍采和心裡其實非常寶貝他們。而且自從被韓湘害得對花過敏後，藍采和就對對方的一切研究抱持著萬分警戒。

這樣的藍采和，居然會願意讓韓湘把主意動到他的植物身上？

「哎呀……」藍采和有些難爲情地刮刮臉頰，不好意思地笑了，「其實是我拜託阿湘的。」

「啊？拜託韓湘？」川芎越聽越糊塗。

藍采和就像小孩面對大人一樣，他對戳著食指，身體不自在地扭動一下，嘴唇開合，隱約在喃唸什麼，只是聲音眞的太小了。

「你有說什麼嗎？」川芎狐疑地瞇細眼，不確定是不是自己的錯覺。

「就是……」藍采和罕見地微紅了臉，「就是很可愛嘛。」

「啥？」

「因爲眞的很可愛呀！」藍采和倏地抬起頭，原本的難爲情退得一乾二淨，彷彿一開始就不存在，墨色的眸子裡此刻燃動著狂熱的火焰。

他猛然一個箭步衝上前，一把抓住川芎的雙手，「哥哥，難道你不覺得嗎？玉帝在上！大家的幼兒期模樣根本就是可愛到沒話說啊！自從上次阿湘讓其他人變小後，我就一直想再看看風伶他們的幼兒期。哥哥，我知道你一定能了解的，因爲、因爲……」

藍采和放開川芎的手，撈起就在身旁的赤珊瑚與風伶，用力抱住兩名孩童。

「大家眞的太可愛了嘛！」

川芎像是被震懾住了，好半晌才終於回過神來，忍不住抹了把臉。

我靠，這根本就像是在炫耀自己小孩的笨蛋父母吧？還是走火入魔的那種。

——林家長男可能忘了，他面對自己妹妹時，也常常是相同模式。

瞪著興奮蹭著風伶與赤珊瑚小臉蛋的少年，川芎嘆了口氣，總算知道事情的來龍去脈。

之前的事他還記得一清二楚，事實上也不過就是前幾天。當時他帶著莓花參加親戚的喜宴，沒想到一回到家，卻看見變成小孩子的鬼針、茉薇、椒炎、紅李、花蕉、香梨，一時差點以爲自己走錯屋子。

「所以你跟韓湘弄來了藥，就是也想看風伶他們變小的模樣？」見藍采和笑咪咪地點頭後，川芎皺眉又問，「那你幹嘛連滿天星和相菰也變小？他們本來就是小孩子樣子了，未免也吃飽太閒……算了，你高興就好。那麼，這回怎麼會全變成黑髮黑眼？還有阿蘿呢？」

這種場合竟然沒見到那根人面蘿蔔，川芎有些訝異。不是哪裡有熱鬧，就能見到阿蘿往哪鑽嗎？

「唔嗯……」藍采和發出遲疑的單音，宛若在思考要怎麼解釋，沒想到小女孩的清脆嗓音快一步響起。

「阿蘿說它生理痛，沒法子出來，這眞是太可惜了哪。」赤珊瑚掙脫藍采和的臂彎，直接浮坐在半空中，語帶惋惜地舔舔嘴唇，「不過我也是會體諒人的紳士，不然我早就……」

早就什麼？川芎很確定自己一點也不想知道，而且一根蘿蔔哪來的生理痛？

「就是這樣囉，哥哥。」藍采和輕聳了下肩膀，他沒有說得很明顯，但已足夠讓川芎明白，赤珊瑚就是阿蘿不想出籃中界的最大原因。

「至於頭髮和眼睛的顏色，」藍采和跳過赤珊瑚與阿蘿的話題，眉眼間又堆上開心的笑意，他抱著風佮站起，「其實呢，也是我特地拜託阿湘的，因爲這樣就可以帶大家出門逛街了哪。」

「逛街？」川芎視線掃過全部小孩子。一、二、三、四，啊，就連本來躲到廚房哭的相菰也跑回來了，所以是五。他的目光再度移回到藍采和臉上，「你要帶這五隻一起逛街？」

「對啊，我一直好想做這件事。哥哥要一起來嗎？小瓊也會去喔，她跟我約在外頭碰面。」藍采和露出期待的眼神瞅著川芎。

不得不說，聽見何瓊也會去，川芎瞬間心動無比。他幾乎要受到誘惑地說出「好」這個字了，如果不是張果戳戳他，吐出了兩個字——

「稿子。」

就是這再簡單不過的兩個字，讓川芎立刻回歸現實。他想到沒寫完的稿子，想到責任編輯冷酷無情的眼神。

川芎頓時打個哆嗦。

「不……不，還是不要好了。」川芎白著臉，虛弱地說。

「這樣啊……」藍采和有些失望，不過他隨即又來了精神，「哥哥，你在趕稿時，我請那幾個傢伙幫忙打掃一下家裡好了，有乾淨的環境才能令人專心工作！」

不等川芎多問，藍采和忽然一彈指，俐落的聲響迴盪在客廳內。

「好了，你們幾個可以從房間出來了。」

川芎下意識仰起頭，很快地，他瞧見六抹迷你人影陸續自二樓飛了下來，正是藍采和另外六名植物——鬼針、茉薇、椒炎、紅李、香梨、花蕉。

一見到這六人，川芎臉色瞬間鐵青。開什麼玩笑！就算這六隻全變成巴掌大，但隨便誰跟誰打起來，他家絕對會毀了！

「喂，藍采和……」

「哥哥你放心好了，他們絕對絕對不會鬧事的。」藍采和笑瞇了眼，笑容是一貫的純良無害，「我叮嚀過了，誰敢亂來——老子就把全部人連籃子都扔回天界！」

這一剎那，所有人都感受到那抹溫和笑容裡散發出來的，是貨眞價實的殺氣。

川芎瞄了一眼平常早就吵成一團，眼下卻是格外安靜的迷你六人組。

有藍采和的這個威脅，怪不得連鬼針和茉薇也不敢再吵了。

「哥哥，你就儘管安心寫稿吧。」藍采和彎腰抱起相菰，「那我們出門去了，我會準時回來準備晚餐的，鬼針你們也要乖乖的。」

「你話太多了，藍采和。」鬼針抱胸冷哼。

藍采和只是笑笑，他知道鬼針這話無異代表應允。

川芎在旁邊觀看鬼針等人，他還是覺得這些植物乖巧得太不尋常，居然沒堅持要一塊出門，也沒對自己的同伴表示——

藍采和一轉身走出玄關，六雙色澤不同的眼眸立即惡狠狠地瞪向相菰他們。碰巧臉龐對著這方向的相菰，首當其衝接收到六人份的怨恨。

他小臉一白，以最快速度縮起身體，就怕那些視線再繼續扎刺下去。

待藍采和出了門，鬼針等人更像是忘記川芎的存在，從他們嘴裡冒出許多危險話語。

「相菰那臭小子，居然可以跟主人出門！」

「過分，好過分！我也想跟主人出門！」

「圍……毆他們？」

「啐，等他們回來，直接找他們單挑。」

「采和的寵愛怎麼能分給那幾個傢伙？」

「眞是，越看越不順眼。」

川芎聽著這些危險言論，只覺無言以對。

但就在下一刻，迷你六人組的話題突然出現「韓湘」兩字。

這又干韓湘什麼事？川芎準備邁出的步伐因好奇而忍不住停下。

鬼針等人依舊不在意他是否在場。

「還……是，要先找韓大人才對呢。」

「沒錯，要讓主人多注意到我們，果然還是要去找韓大人，叫他交出之前的那個藥！」

「沒辦法，不交的話，只好想辦法蓋他布袋了。先說好，老子只是無聊才幫忙。」

川芎果斷放棄再聽下去，他可不想聽見什麼可怕的計畫。他決定學那個淡定看電視的張果，淡定地回到房間認眞趕稿，最多就是在心裡替韓湘默默同情一把。

套句藍采和他們常說的——

願玉帝保佑韓湘了。

〈韓湘的祕密計畫〉完

玉兔來襲，驚爆中秋夜！

中秋節，月圓人團圓。

「照理說應該是這樣的……為什麼我他媽的得在這時候關小黑屋寫稿看別人烤肉放煙火慶佳節——」

從這一大串幾乎沒有標點符號的怒吼來看，可以知道聲音的主人究竟有多麼悲痛、多麼憤慨。

川芎覺得世上眞的沒有天理了，好好一個中秋節，他不是在家裡烤肉、看著他家莓花天眞可愛無邪的笑臉，而是被責任編輯親自押到位在七葉鎭的六花旅館。

關小黑屋，趕稿！

「在你面前有一扇窗戶，而且左邊還是打開後保證視野良好的和式紙拉門的情況下，所謂的關小黑屋，其實是不正確的，川芎同學。」

冷靜、沒有太大起伏的女性嗓音淡淡響起。身為川芎的青梅竹馬，更是他的責任編輯，薔蜜推扶了下鏡架，犀利的目光直盯眼前男人。

「說話可以，手不要停下，繼續打你的稿。」

「妳這個惡鬼……」川芎無力地垮下肩膀。如果可以，他多希望能夠拍桌與自己的編輯互嗆。可惜先別說他沒有膽，事實上，也的確是他……呃，不小心延誤出版社作業進度。

換簡單一點的說法就是……他拖稿。

「明明今天是中秋節，張薔蜜妳就不能先放過我一天，讓我吃個月餅、烤個肉、陪我家莓花玩個煙火嗎？」川芎發出了呻吟。

「然後你的稿子就眞的排不上檔期，我的書也要開天窗了。」薔蜜眼神冷酷，「林川芎，你以為我會讓這種事發生嗎？除非你眞的想從明天開始關進眞正的小黑屋。我知道你已經受不了這種被我逼著寫稿的模式一再上演，老實說我自己也覺得很膩，可是，是誰讓情況變成這樣的？」

「……是我。」川芎很有自知之明。他偷偷瞥了下坐在身邊的薔蜜，後者臉部線條緊繃，身周氣氛就算以肅殺來形容都不爲過。而從她同樣繃緊的唇線來看，認識她十多年的川芎怎麼可能不明白——

他的責任編輯，流浪者基地的鐵血主編，心情眞的眞的非常不好。

要命……川芎暗暗在心裡又呻吟一聲。雖然平常被薔蜜逼著寫稿慣了，可沒有哪次這麼剛好，趕稿日偏偏就在中秋節，偏偏在流浪者基地總編舉辦烤肉大會的中秋節。

年過四十的總編是薔蜜最欣賞的異性，這件事可說是公開的祕密。

難得總編想要舉辦烤肉大會，還特地邀請出版社員工一起參與，可薔蜜卻不得不爲了逼出川芎的稿子，咬牙狠下心推辭。

川芎甚至覺得如果他沒有準時交稿，眞的會被他的青梅竹馬毫不猶豫地謀殺。

嚥了下口水，被迫關在六花旅館趕稿的川芎，再度提起十二萬分的精神，與桌上的筆電奮鬥。

似乎看出了川芎的努力，薔蜜稍稍緩了冷酷的眼神，開口說道：「月餅我等等會跟心蘭姊拿一些過來，看你想吃什麼口味。至於烤肉和煙火，放心好了，川芎同學，這些事都有人替你做了。」

「幹，妳還不如不要說這些話。」川芎一聽只覺得更悲憤了。

因爲就在他的房間外，寬廣的庭院裡，年幼的林家么女正與其他幾人興高采烈地玩著仙女棒，而傳出陣陣撲鼻香味的烤肉架同樣正放在院子中。

原來薔蜜還帶了其他人一起過來，當然這些人是來六花旅館好好過節的，而不是像某人一樣必須拚命工作。

烤肉兼放煙火的成員除了莓花，還有寄住在林家的藍采和、何瓊，另外還有川芎他們之前在這裡認識的東海主任、朝顏，以及同是八仙之一的鍾離權。

鍾離權一邊顧烤肉架，一邊笑看玩得正歡的年輕人們，不時還幫忙分挾肉片給偎坐在一塊的東海主任與朝顏。

「小藍葛格，再幫我點一支！再幫我點一支嘛！」眼見仙女棒已燃盡，莓花連忙喊向藍采和。

「沒問題，我替莓花點一支更大的！」藍采和笑咪咪地說，墨黑眸子裡流動柔軟的光彩。

「小藍，我們仙女棒玩完，再來試試這個火樹銀花好不好？」何瓊翻找東海主任買來的煙火，興致勃勃地說道：「這個感覺很漂亮……啊！等等，阿權你住手！」

似乎發現緊急狀況，何瓊中斷與藍采和的談話，忙不迭地高叫鍾離權的名字。所有視線頓時集中到鍾離權身上。

戴著單邊眼鏡、綁著蓬鬆髮辮的男子露出被抓到的尷尬表情，握著小罐子的手就這麼僵固在半空中。

「咳嗯……沒事，什麼事都沒有呢。」鍾離權重新露出溫和的微笑。

「我說阿權。」東海主任瞇著眼睛，摸摸下巴，「你手裡拿的那個該不會是糖吧？我年紀大，血糖又高，不適合吃太甜的東西哪。」

「你多慮了，主任，我只是打算撒一點點的。」鍾離權斯文一笑，「眞的只有一點點。」

「噢，阿權你所謂的一點點，是指你平常喝紅茶的那種甜度嗎？」藍采和皺著一張蒼白的臉，「那起碼有十三包砂糖耶！」

「我們會甜死的，絕對。」何瓊義正詞嚴地說，「所以哪……」

雙馬尾少女瞇起她的貓兒眼，舉起兩隻手臂在胸前比了個「×」的手勢。

「不行，說什麼也不行。阿權你不能加糖，我們會吃到的統統不許加！」

不是藍采和等人要如此小題大作，而是鍾離權的嗜甜程度超乎常人，在天界甚至被封爲「最不想和他一起吃飯」的第二名。

「阿權叔叔。」莓花也眨巴著眼睛，看著鍾離權，「葛格說吃太甜會蛀牙，莓花不想要牙齒被蟲蟲吃掉！」

面對那張可愛小臉的祈求，鍾離權手裡的糖頓時撤不下去了。

只是他才剛收起那個萬惡的小罐子，一個漆黑球體突然從天而降。

誰都沒來得及看清那是什麼，黑色球體已筆直砸落在無人的地面上。

「那是？」藍采和睜大眼。

「圓圓的……」何瓊研究。

「還有那根在冒著煙的……」東海主任努力地觀察，「那個叫引線嗎？」

引線？引線！

這兩字才竄過眾人腦海，空中忽然又傳來一聲焦急的大喊。

「全體找掩護趴下！那是炸彈！」

無法細想，剎那間藍采和便抽出乙太之卡，解除乙殼的咒語迅速從口中逸出。

「吾之名為藍采和——以下咒語統統省略！」

藍光乍現，原先站著黑髮少年的地方轉眼間佇立著一名水色身影。

藍髮藍眼，右頰上烙著一枚火焰似的水色圖紋。

八仙．藍采和迅雷不及掩耳地出手，無數光絲封繞住那顆引線即將燒盡的爆裂物，其他人則是反射性摀住耳朵。

一秒、兩秒、三秒。

引線燃盡，炸彈頓時「砰」的一聲——

噴出了無數像是小星星的銀色光點，接著是一小股白煙冒出。

再然後，什麼動靜也沒有了。

「……啊咧？」在房間裡也捂住耳朵的川芎呆了呆。

「所以……不是炸彈？」朝顏訝異地鬆開緊抓著東海主任手臂的手。

「看樣子不是呢。」鍾離權溫和的聲音傳來，「你是不是該告訴我們那是什麼呢，玉兔？」

一瞬間，在場幾名人類加上朝顏，都懷疑自己是不是聽錯了。

「玉兔？」莓花睜圓眼睛，看著鍾離權手中拎著一團迷彩色的東西，「兔子？月亮上的兔子嗎？」

「在下沒說謊！那明明就是危險性極高的炸彈！」被抓住後頸的那團東西掙扎著大叫，「在下是爲了保護你們的安全！」

川芎瞪著那團發出聲音的物體，他揉揉眼睛，再揉揉眼睛，接著忍不住問了，「薔蜜，我應該不至於打稿打到產生幻覺吧？我好像看見一隻戴著頭盔、身穿迷彩服、腳套軍靴，還揹著一堆亂七八糟的槍跟兩大排彈匣的……呃，兔子？」

「如果你是幻覺，那恐怕我們全體都幻覺了，川芎。」即使看見一隻如此不合乎常理的兔子，薔蜜的語氣依舊冷靜如昔。

她輕推了下鏡架，「附帶一提，牠揹的不是什麼亂七八糟的槍。從上到下再從左到右，分別是SR-47突擊步槍、湯普森M1A1衝鋒槍、M4卡賓槍、AS Val消音自動步槍、貝瑞塔93R手槍。」

川芎轉頭，「……張薔蜜，比起一隻兔子爲什麼會說話，還揹著一大堆的槍，我更想知道妳爲什麼會叫得出那些槍的名字？」

「因爲我剛好有一位作者在寫槍械相關的小說，身爲編輯當然也要找資料充實自己的知識，以免校稿時出什麼差錯。」薔蜜輕描淡寫地說道。

川芎佩服得不知該說什麼了。

而庭院內，據說名爲「玉兔」的軍事服兔子依然氣急敗壞地替自己辯駁，堅持那顆從空中掉落下來的黑色圓球眞的是危險性極高的炸彈。

「請問一下，那隻兔子……」朝顏遲疑地開口，目光不時瞅著掙扎不休的玉兔，「眞的是傳說中在月亮上搗藥的那隻玉兔嗎？」

「什麼傳說中？在下就是貨眞價實的玉兔！」玉兔耳尖地聽到了，立即轉過頭來，紅紅的眼睛瞪得又圓又大，就像是不敢相信怎會有人，不，有幽靈敢質疑牠的身分。

「確實是和嫦娥、吳剛一起居住在月亮上的玉兔沒錯呢，朝顏小姐。」鍾離權微笑地回答，將玉兔拎得更高一些，「只不過，是隻軍事狂兔子。」

「軍事狂？」東海主任上上下下地打量玉兔一遍，然後理解地點了點頭，「怪不得啊……」

「怪不得什麼？在下才不是軍事狂，在下是貨眞價實、鐵血男兒的軍人！」

玉兔似乎被激怒了，牠憤怒地甩開拎著自己後頸的手，蹦跳至地上。牠揮舞著手中的槍枝，接著彷彿覺得這樣不夠力，又從腰間掏出一枚疑似手榴彈的物體，奮力地朝沒有人的前方空地一扔。

「在下這就證明給你們看！在下的所有武器都是貨眞價實的！」

這次，藍采和倒是沒有再出手阻攔，或許是因爲知道玉兔只是一名軍事狂，身上佩掛的那些看起來嚇人的東西，根本沒有什麼殺傷力。

只是誰也沒想到，扔出的手榴彈居然撞到了地面突起的一塊石頭，恰到好處的角度使得它彈跳起來，最後竟呈拋物線地飛墜至川芎他們所在的房間裡。

接著，手榴彈不偏不倚地砸上筆電螢幕。

「啪嘰」一聲，液晶螢幕就像是蜘蛛網一樣浮出多道裂痕，隨即手榴彈小小地「砰」了一下，於是筆電冒出濃濃的白煙。

房間裡一片死寂。

房間外，同樣一片死寂。

只有扔出手榴彈、造成筆電陣亡的玉兔在死寂中激動地高聲喊叫。

「看吧、看吧，在下的武器多麼危險！但爲了讓你們相信在下，雖然不得已，在下也只能採取如此下策了！」

「喔？是嗎？」輕聲吐出這三字的並不是庭院裡的任何人，薔蜜從房裡走出來，她的表情看起來相當平靜。

但不管是藍采和、何瓊、莓花、鍾離權、東海主任，以及朝顏，他們全都瞧見鏡片後的那雙美眸閃動著絕對冷酷的震怒。

薔蜜站在簷廊上，居高臨下地望著庭院眾人，吐出的聲音依然沒有太大起伏，「也就是說，讓那東西飛進房間裡的始作俑者……」

不管是庭院裡的仙人、幽靈，或是人類，瞬間都將食指指向玉兔，並且異口同聲地吐出答案——

「就是牠！」

「咦？什麼？什麼？在下做了什麼嗎？」玉兔一頭霧水，慌張地看向全指著自己的眾人。

但很快地，一道逼近的陰影讓牠下意識抬起頭。

玉兔的紅眼睛隨即瞪至最大，如同看見什麼恐怖之物。

站在玉兔面前的薔蜜對牠露出一抹微笑，只是那笑容卻帶著令人膽寒的騰騰殺氣，就連一雙美眸也冷酷至極。

「等、等一下！在、在下……」玉兔本能地感到危險，身體不禁抖得如秋風落葉，「請務必讓在下解釋！在下真的不是故意，在下——噫噫噫噫噫！啊啊啊啊啊啊！」

淒厲的慘叫霎時迴盪在六花旅館庭院裡，教人不忍聽聞。

藍采和等人默默地別過臉，裝作沒看見有兔子正被人施予關節技、踢技、過肩摔，以及各式他們認不出來的格鬥技巧。

總之，明年的中秋節應該還能看見兔子出現在月亮上……吧。

〈玉兔來襲，驚爆中秋夜！〉完

性轉大作戰

零

偌大的林家客廳明明不見任何人，但懸掛在天花板下的吊扇卻不停轉呀轉。搭配屋外嘹亮的蟬鳴及金燦的陽光，盛夏的午後，不受陽光和高溫侵擾的客廳瀰漫著舒適的慵懶。

突然間，玄關處的開門聲打破了這份安逸。隨著大門開啓，光線湧了進來，熱氣隨著一聲高過一聲的唧唧蟬鳴拍打入室。

「我回來了！」

「我回來了！天啊，外面好熱！」

少女和少年的輕快聲音接連響起，兩抹身高相仿的人影在玄關處脫下鞋子，隨即三步併作兩步地衝進涼爽的客廳。

少年動作快，搶先一步撲進可供多人落坐的長沙發。

冰涼皮革貼上皮膚的剎那，令少年忍不住發出舒服的嘆息，覺得體內溫度因此降下不少。

「太過分了哪，小藍，居然佔去最好的位置。」少女抗議般的嗓音落下。

少年抬起那張在黑色皮革映襯下，蒼白得不可思議的臉龐。雖然他的外貌看起來秀淨病弱，彷彿在大太陽底下撐不過十分鐘，可墨黑的眸子裡卻閃動著極有精神的活力。

「哎，先搶先贏嘛。而且小瓊妳其實不覺得熱吧？就算穿這樣，可是連汗都沒流半滴的。」少年笑咪咪地看著正脫下高禮帽的少女。

擁有嬌美臉蛋的少女身上的衣物確實特別了些。高禮帽、紅領帶、墨綠色的女式西裝，即使完美地勾勒出她姣好的身體曲線，但也不能忽視她全身被包得密不透風的事實。

在屋外超過三十五度的高溫下，梳綁著俏麗雙馬尾的少女居然連滴汗也沒流，白皙的額頭一片乾爽。

「話不是這樣說的，我覺得熱和我有沒有流汗，算起來是兩回事唷。」少女脫下西裝外套，又鬆了鬆領帶，朝少年露齒一笑。

從她的態度來看，她只是享受談話間的你來我往，並不是真的在意誰佔去了長沙發。

少年和少女的名字分別是「藍采和」與「何瓊」，是這個家的長期住客。

乍看下，他倆沒有異常之處，但擁有和神話故事八仙一樣名字的他們，實際上就是八仙中的藍采和與何瓊本人。

大約一年前，他們因故自天界下凡，沒想到誤打誤撞來到林家，之後就將這裡當成他們在人界的落腳處，相當自然地展開了與人類的同居生活。

「不過不流汗這點還是很令人羨慕，起碼不用回來就立刻換衣服。」藍采和從沙發上爬起，拉拉有些汗濕的衣服，想著待會兒還是去換一件新的。但在換衣服前，還是可以先做點別的事。

想到這裡，他目光瞥向廚房，接著一骨碌跳起，「小瓊，妳要冰茶或飲料嗎？不知道冰箱還剩什麼可以喝？」

「有什麼就幫我拿什麼，先說謝啦。」何瓊在另一張沙發坐下，滿足地輕吁口氣，抬頭望著一回到家就已在轉動的吊扇。

何瓊困惑地眨了眨眼，記得家裡其他人要五、六點才回來。沒人在家的情況下，吊扇怎會是打開的？還是說有人出門時忘了關？

算了，不管了。何瓊很快就將這微不足道的小事拋到腦後，她的目光下一刻落至客廳裡的一扇門板上。

那是通往地下室的門。

地下室其實住著一隻幽靈，或者說這個家的守護神。只是存在感太過薄弱，令人不知不覺全然遺忘他的存在。

例如此時，何瓊會看向那扇門，絕不是因爲忽然想起地下室有個幽靈，她看的是貼在門上的白紙。

何瓊離開沙發，站到門前盯著紙張。

藍采和端著兩杯冰麥茶，臂彎下還夾著一盒點心，從廚房裡走出來時，見到的正是同伴背對自己、認眞打量什麼的模樣。

「小瓊，妳在看什麼？」藍采和將東西擺在桌上，好奇地問。

「在看統計表的投票情況呢。」何瓊回頭笑著說。

藍采和也走上前。

貼在門板上的紙原來是一張統計表，上面用簽字筆簡單寫了些字：暑假旅遊地點投票。

這行標題下，又分別寫著「山」跟「海」。

表格是由林家目前的一家之主林川芎所製，爲的是決定今年暑假要上山或下海，這個家的成員都有投票資格。

目前爲止，兩邊票數相當。

「小藍你也投了吧？你選山還是海？」何瓊問道。

「我選山。小瓊，妳是選海對吧？」藍采和傷腦筋地扳起手指數著，「我們倆都選了，莓花和果果也選了，現在只剩下哥哥。」

「川芎大哥應該會跟莓花選同一邊吧？」何瓊指著山的那半邊。

「唔，這還眞不好說。」藍采和卻不這樣想。雖說川芎是以莓花爲中心繞著轉，不過他對何瓊同樣懷抱著另一份心意。

喜歡的女孩和最重要的妹妹……藍采和想，恐怕哥哥自己也很頭痛吧？

「啊啊，眞想去山上！」

「啊啊，眞想去海邊！」

少年和少女有默契地嘆了口氣。

愣了一下，他們對視一眼，接著忍不住噗哧地笑出聲來。

「再不行的話，只好連小藍你的植物都叫出來投票啦。」何瓊笑嘻嘻地道。

「哪輪得到他們？一放出來，他們估計先吵翻天。要是弄壞什麼，哥哥想宰的可是我。」藍采和很乾脆地比出「×」的手勢，說什麼都不同意這個意見，「好了，先別管上山還是下海，我們來吃冰吧。再不吃都要融光光了。」

「冰？」何瓊被藍采和推回沙發坐下，「家裡哪時候買冰了？」

「不知道，我猜是哥哥買的，或別人送的東西？塞在冷凍庫，沒仔細看差點錯過了。」

藍采和興高采烈地打開紙盒，一個個飽滿的銅鑼燒冰淇淋展露在他們面前。

炎炎夏季裡，有什麼比冰品更讓人消暑呢？

沒再思考冰淇淋的來源，藍采和與何瓊立刻各抓了一個大快朵頤。

濃郁香甜的滋味令仙人們眉開眼笑，三兩下便把冰淇淋解決完畢。

「呼哈……」藍采和滿足地摸摸肚子，決定把剩下的冰回去，那些統統要留給川芎與莓花品嘗。

但藍采和怎樣也沒想到，走進廚房不一會兒，就聽見客廳傳來玻璃杯砸碎的聲音。

「小瓊？」眉眼秀淨的少年大吃一驚，連忙衝出廚房，隨後那張蒼白面孔露出愕然，緊接著又轉爲濃濃的心焦，「小瓊！」

客廳裡，原本好端端的何瓊突然抱著肚子蜷縮在沙發上，嬌美小臉刷上毫無血色的蒼白，額角沁出豆大汗珠，看起來痛苦萬分。

沙發下，散落著碎裂的玻璃杯碎片。

「小瓊！」藍采和一顆心提到嗓子眼，驚慌失措地跑向何瓊，此時一股突如其來的劇痛卻席捲他的身體。

藍采和跪坐在地，背脊弓成蝦米狀，冷汗直冒。

這是怎麼回事？那盒冰有什麼問題？不能……不能讓哥哥他們吃到！

就算如此疼痛，藍采和第一個想到的也是林家兄妹的安危。他強忍著痛，試圖往廚房靠進，但才剛撐起身子，就像乍然被抽光力氣，猛地又跌跪在地，黑暗充斥他的視野。

藍采和不確定自己有沒有失去意識，侵入眼內的黑暗似乎只是一瞬，又似乎有一段時間。等到再度睜眼，他發現那股可怕又突然的疼痛已完全消逝。唯一能證明它存在的，或許只有自己背後未乾的冷汗。

藍采和注意到自己是躺在地板上，他眨了眨眼，試圖讓自己清醒些。

周遭環境沒變，一樣是林家客廳。

藍采和慢慢撐坐起身子，感覺身體比平時沉重，彷彿多了原先沒有的東西。他忍不住想揉揉額角，可當手指探入髮絲，他驀然僵住了。

藍采和慢動作地轉過頭，瞪著被他抓在掌心裡的大把髮絲。

沒錯，真的是一大把長髮……而且還是水藍色的！

「靠杯、靠杯！這他×的是怎麼回事！」藍采和不敢置信地跳起來。

他在人界的姿態是黑髮黑眼，藍色髮絲是回復仙人真身時才有的。但問題是，就算仙人的自己是藍頭髮、藍眼睛，頭髮也沒那麼大把啊——

這些，原本是藍采和想優先弄清楚的，然而在聽見自己聲音的瞬間，那些問題立刻被扔到一邊去了。

藍采和摸上自己的喉嚨，平滑、沒有突起的觸感令他的手指開始發顫。接著他低下頭，胸前不該出現的兩團隆起物令他險些尖叫。

藍采和簡直沒辦法相信，他反射性摸上胸前，還捏了一把。

……靠夭，是真的。

「小藍……」旁邊忽然傳來遲疑的呼喚聲。

藍采和第一時間並沒有發現什麼異常，他的腦袋全被自己身上的異變佔滿。他下意識轉過頭，表情當場僵凝，隨後慢一拍地想起，剛剛那聲呼喚與自己熟悉的少女嗓音截然不同。

藍采和試著張張嘴，但過大的衝擊卻令他擠不出聲音，只能目瞪口呆地看著已擺脫疼痛、甦醒過來的何瓊。

短薄俐落的粉紅髮絲，俊俏非凡的臉蛋，眉心烙有五瓣粉色菱紋——還有，胸是平的。

藍采和與何瓊就這麼驚恐地對視著。

一秒、兩秒、三秒，他們同時低下頭，拉開自己褲子一看，震驚和絕望瞬間充斥他們的眼。

又是一秒、兩秒、三秒過去，藍髮少女和粉紅髮色的少年猛然想通什麼，異口同聲地憤怒大喊：「阿湘——」

壹

身爲林家目前的一家之主，身爲傳說中八仙的房東，川芎自認不可思議或匪夷所思的事情已經看多了。上至仙人，下至幽靈，就連地府城隍也見過一次，照理說，不會再有什麼事嚇得了他。

但今天，他發現他錯了，而且大錯特錯！

「見鬼的、見鬼的……我只是出個門爲什麼一回來就得碰上這種荒謬事！」林家長男連口氣也沒換，劈里啪啦地吼出了一串句子。吼完之後，一屁股重重坐進沙發裡，感覺自己的太陽穴抽痛得不得了。

連他都想喊一聲「玉帝在上」了。

「茶。」從旁伸出一隻端著茶杯的小胳膊，小胳膊的主人則是個眉目俊秀的小男孩，一雙清冷鳳眼格外引人注目。

別看小男孩外表稚幼，他與藍采和、何瓊相同，都是赫赫有名的八仙之一。其名爲張果，也就是人界俗稱的「張果老」，是住在林家的第三名仙人房客。

一口氣飲盡茶水，再將茶杯重重放至桌上，川芎深吸一口氣，重新打起十二萬分精神來面對眼前的這一切。

現在坐在他正前方的，是一名藍髮藍眸的少女，和一名有著粉紅髮色的少年。

少女外表柔弱，蒼白的膚色讓她散發一股我見猶憐的氣質，右眼下綴著一枚妖嬈的水藍焰紋。

少年俊俏英挺，若是走在街上，絕對會有不少女孩頻頻回頭。而在他的眉宇間，則烙著五瓣粉紅色的菱形花紋。

就是這兩枚像是刺青一樣的花紋，讓川芎百分百肯定兩人的身分，沒有絲毫懷疑。

變成女人的藍采和，還有變成男人的何瓊。

「噢，饒了我吧……」川芎無力地呻吟出聲，剛剛提起的精神再次煙消雲散。

性別轉換這種事，川芎不是沒在小說、漫畫裡看過，但發生在現實中可是另一回事！

相較於還不太想接受現實的川芎——老天，他喜歡的女孩變成男的——身爲林家么女，今年已經七歲的莓花卻鎮靜得很。她只是抱著習慣帶在身邊的小熊玩偶蹲在地上，圓亮的眸子眨也不眨地盯著互換性別的藍采和與何瓊。

就在川芎忍不住反省自己比不上妹妹的鎮靜時，莓花驀然跳了起來，衝至他身邊，可愛的小臉蛋漲成興奮的紅，小手激動地拍打他的手臂。

「葛格、葛格！小藍葛格變成女的，小瓊姊姊變成男的耶！一定是莉莉安超．超番外篇裡的精靈把他們變這樣的！」

——原來莓花不是鎮靜，而是太過震驚和興奮，一時才沒有任何反應。

「超．超番外篇？」見莓花沒有表露排斥，藍采和瞬間鬆了一口氣。玉帝在上，她絕對不願意被哥哥和小莓花討厭。

「莉莉安的特別節目，不定時播放，你們那時剛好不在。」川芎伸手攬抱住激動的妹妹。他再度深吸一口氣，告訴自己冷靜點。眼前的兩人只是性別轉換而已，驚嚇度絕對不會比自己的責任編輯兼青梅竹馬打電話通知截稿日臨時更動，改在三天後，然後他的稿子還是全白的狀況要驚悚。

川芎試著模擬畫面，光想像就令他背脊發寒，瞬間什麼衝擊都變得小巫見大巫了。

「哥哥？」

「川芎大哥？」

見林家長男突然沉默不語，臉上閃現一瞬驚悚，藍采和與何瓊不禁屏息，心中萬分緊張。

「不，沒事，真的沒什麼事……我只是想到，嗯，張薔蜜和截稿日。」川芎趕緊甩甩頭，不敢繼續陷在想像中。

「噢。」藍采和點點頭。認識川芎的人都知道，他最怕的就是鐵血無情的責任編輯。況且對方說話的語氣已經與平時沒兩樣，這令她更加寬心，不自覺嫣然一笑。

「小藍葛格好漂亮……」莓花紅著臉，但接著又困惑地皺起小臉，「咦？現在是要叫姊姊嗎？那小瓊姊姊要變小瓊葛格了？」

「莓花還是叫我葛格好了，我相信這模樣一定不會持續太久的。」藍采和輕快地說，眉眼彎成弦月狀。

川芎心裡頓生不祥預感，他立即捂住了寶貝妹妹的耳朵。

果不其然，藍采和即使變成女的，個性也沒有絲毫改變。只見她溫柔地笑開了臉，宛如銀鈴的嗓音卻是吐出——

「因爲啊，要是阿湘不用最快速度讓我們變回原狀，老子他×的一定把他嗶——嗶——然後再將嗶下來的嗶——塞進他的嗶——裡面！」

最後一句威脅，藍髮少女說得擲地有聲，柔美的臉蛋透出比惡鬼還要嚇人的猙獰。

川芎不是沒聽過藍采和罵髒話——這人的溫和只是表象，暴走起來簡直像狂飆過境——但看著如今變爲女孩的他，流暢地罵出超出限制級，別說打馬賽克，根本得全部屏蔽的髒話，即使身爲大男人的川芎，也不禁被震撼得張口結舌。

就連何瓊也忍不住佩服，「天哪，小藍，你的髒話詞庫升級了！不過要我說的話，阿湘要是敢不做，我就把他發明的東西塞進他嘴裡。」

說出這句話的俊俏少年，笑容瞬間變得殺氣騰騰。

現在才回過神的川芎錯過了何瓊的變臉，他放下捂著蓇花耳朵的手，警告似地瞪著藍采和，「藍采和，我警告你，管你是不是變女的，那些話要是敢讓我家蓇花聽見，老子就宰了你。」

「報告哥哥，放一百個心吧！」藍采和舉手發誓。

川芎瞪著她，覺得沒有安心下來的感覺。

「還要再來一杯茶嗎？」這時候，旁邊又伸來一隻端著茶杯的小手。

「啊，謝了。」川芎下意識接過，隨即他迅速轉過頭，看著冷靜、冷漠、冷淡，簡直像什麼也沒發生的張果。

「慢著，現在不是顧著給我倒茶吧？你的同伴變成這樣了耶！」

「不是我變。」張果無動於衷地說，不過下一秒，他罕見地蹙起眉，黑澈的眸子顯露困惑，「你也要我變？」

「什——」川芎差點被噎到，他飛快看了看藍采和與何瓊，然後再望回張果身上。

川芎鐵青著臉，近乎驚悚地搖頭。

變成小女孩就算了，回復眞身還變成女人的張果，他一點也不想看！

「喔。」張果發出了讓人難以理解的單音。

「果果變成女生的話，說不定是冷酷型的美人？」藍采和倒是興致勃勃。

「啊，那阿權就是那種溫柔的大姊姊囉？」何瓊也來了興致，「凝陽呢？」

「那還用說，鐵定是黑社會大姊頭！」藍采和興高采烈地道，立刻換來何瓊大力贊同。

眼見兩名仙人的討論就要一發不可收拾，而眼下問題連一個都還沒解決，川芎嘴角抽了抽，乾脆使出最有效的手段。

「藍采和，你如果要讓其他人也變成女的，我建議你可以先想想曹先生的反應。」

此話一出，藍采和興奮的表情當場凍住，連何瓊也低呼一聲，將話全數嚥了下去。

川芎口中的「曹先生」，指的正是同爲八仙之一的曹景休。

這名仙人充滿威嚴，不苟言笑的嚴肅表情容易令人望而生畏，素來是八仙年少組敬畏的對象。

尤其對藍采和而言，曹景休可謂他的監護人。他最怕做了什麼壞事被曹景休抓到，到時要面臨的不只是被打一頓屁股，還有那長得可怕的訓話。

滿意地見到少年和少女安靜下來，川芎重新掌握話題主導權。他一拍雙手，示意眾人將注意力放至自己身上。

「先不管其他人變女的會怎樣，老實說我半點興趣也沒有。」川芎手大力一揮，「把你們的事情處理好才是重點。你們現在的外表到外面去太容易引人注目。那是你們的仙人模樣吧？你們解除了乙殼？還有，你們吃的東西，確定是韓湘做的？那種東西怎麼可能出現在我們家？」

自從知道那位在人界被尊稱爲「韓湘子」的仙人，興趣是發明一些亂七八糟的東西，並將那些亂七八糟的東西試驗在別人身上後，韓湘送來的物品，川芎都會先歸類在「危險」類別裡。

「乙殼不是我們自己解除的。」藍采和搖搖頭，秀美的臉蛋一派無辜，「我們醒來後就是這樣了，也變不回乙殼狀態。」

「不過不用擔心出門會引人注目的事呢，川芎大哥。」何瓊接著說，他揮動了下白皙的手指。

只見空氣中忽然湧現一圈水般的漣漪，漣漪迅速往何瓊與藍采和身邊擴散。

下一秒，川芎和莓花同時揉揉眼，兩人臉上毫不掩飾驚訝。因爲在他們眼中，何瓊與藍采和雖然性別仍是顚倒的，但他們的髮色、眼色已回復漆黑，和一般人沒什麼兩樣。

何瓊手指忽又靈活舞動，隨即林家兄妹發現坐在他們面前的，仍是眞身姿態的兩名仙人。

「川芎大哥，我剛是施了障眼法喔。」何瓊笑咪咪地說，「這樣的話，就不用擔心其他人的目光了。」

川芎注視著何瓊的笑容，雖說已經變成俊俏少年，可微笑的模樣和一雙總是閃動著靈活光芒的貓兒眼，卻完全沒有改變。

察覺到自己居然緊盯著一個少年，川芎不自在地咳了一聲，趕緊收回視線，「不、不會被發現就好，那韓湘的東西又是怎麼回事？」

「唔，我們本來以爲哥哥你會知道……我去拿過來好了。」藍采和想到就行動，馬上快步鑽進廚房，沒一會兒就抱著一個盒子跑出來。

但不知道是不是跑得太急，腳下一個踉蹌，嬌小身軀頓時失去平衡。

「哇！」藍采和驚叫。

「小藍！」

「藍采和！」

「小藍葛格！」

在眾人的緊張叫喊中，藍髮少女及時抓住身旁的門把，總算阻止自己摔倒。

所有人鬆了一口氣。

「呼……嚇我一跳。」藍采和一臉心有餘悸。即使現在是仙人姿態，可若真撞上地板，該有的疼痛還是會有。

確認過臂彎中的那盒冰淇淋沒事，藍采和慢慢站起來，接著才放開抓著門把的手。只不過纖細的五指才一離開，客廳裡忽然響起金屬物砸落在地的聲音。

四雙眼睛不約而同地看向聲音來源處。

躺在地上的，是銀色的門把。進一步說，那個門把還是藍采和剛抓住的。

於是，三道目光看向了藍采和。

藍采和尷尬地刮刮臉頰，「呃……我猜我剛剛的力氣有一點點大？」

此話一出，客廳裡響起另一道聲音。

磅咚！

這下子，所有人都瞪著那扇失去了門把、連自己也一塊失守的廚房門。

「葛格，門掉下來了耶……」莓花傻愣愣地說著。

林家長男瞬間目露凶光，惡狠狠的眼神如刀子般刺向罪魁禍首。

「藍、采、和。」川芎從沙發上站起，大步流星地逼近性別改變，怪力卻沒因此消失的藍髮少女，「這最好叫力氣有一點點大？你的一點點就將我家廚房給拆了！你……」

藍采和下意識縮起肩膀，等著一頓毫不客氣的斥罵落到頭上。但左等右等，等到的卻是川芎像噎住般地瞪著自己。

「哥哥？」藍采和小心翼翼地問，不知道現在怎麼了。

川芎用力瞪著藍采和。眼前的人是自家老是製造破壞、令人又氣又惱的幫傭沒錯，可同時也是一名柔弱的少女。

大睜的水色眼眸、披散的藍色髮絲，還有那張蒼白又透著緊張不安的臉蛋……川芎呻吟一聲，無力地捂著臉。

該死的，就算女孩版本的藍采和不是自己喜歡的類型，但還是改不了對方現在是女生的事實！

現在的藍采和，是一名貨真價實的女孩子。

而川芎所受的教育中，可沒有對女孩子破口大罵這條。

「算了，等你回復後我再看要不要宰了你……」川芎搖搖頭，坐回沙發。

「哎？」藍采和不解地眨眨眼睛。

何瓊眸子狡黠一轉，立刻猜到是怎麼回事。他嘴角微露笑意，心中有個主意成形。

他想，獨樂樂不如眾樂樂，對吧？

「小瓊，妳在計畫什麼嗎？」藍采和抱著盒子走過來。認識那麼久，光憑眼神，她就能猜到何瓊心思的七、八分。從對方唇邊微笑判斷，她知道對方一定是想來些無傷大雅的惡作劇。別看何瓊表面無害，腦子裡轉的可都是層出不窮的鬼主意。

「這個嘛，先保密囉。」何瓊笑著閃躲了回答。

藍采和也不以爲意，等著何瓊之後主動告訴自己，他們可是天界默契最好的惡作劇搭檔。

「哥哥，我們吃的就是這盒銅鑼燒冰淇淋。啊！小莓花不行，妳不能隨便摸！阿湘弄出來的東西就算最後變成異形咬人一口都有可能。」藍采和阻止了好奇靠近的莓花，如水柔軟的眉眼含著眞摯，「要是妳受傷，我一定會擔心到跑去將阿湘蓋布袋，然後嗶掉他的。」

被那眼神注視，莓花紅了小臉。她捧著臉頰，乖巧地說好，覺得自己的小藍葛格不管是男生還是女生，都又帥又漂亮！

如果是往常，見自己的寶貝妹妹因爲藍采和而紅了臉，川芎鐵定心裡不平衡。不過他瞄瞄現在的藍采和，心想跟一個女孩子計較，也太心胸狹隘了。

「喂，你幹嘛一直盯著盒子看？我說過了吧，你不准吃。」川芎留意到張果的視線停在冰淇淋盒子上，立即板著臉警告。

「喔。」張果又是給出讓人猜不出心思的單音，但他的眼神的確移開了。

似乎是對接下來的討論沒興趣，俊秀的小男孩滑下沙發，拖著玩具小木馬，自顧自地上樓。

其餘人早就習慣他的我行我素。

川芎拿起桌上盒子，認眞嚴肅地打量，試圖回憶自己哪時收了這個東西。但不論他怎麼想，還是找不出相關記憶。

韓湘、韓湘……韓湘送來的東西……

「啊！」川芎忽然低叫一聲。

「哥哥，想到了嗎？是不是想到了？」藍采和忙不迭地問。

「我想起來了，我確實沒收過韓湘送的禮物。」川芎喃喃地說，越說表情越陰沉，「但是我收過他以別人名義送來的東西。沒錯，沒錯，就是冰淇淋。」

「別人的名義？」何瓊訝異地問，隨即他反應過來，能讓川芎習以爲常、完全不懷疑地收下，韓湘用的名字恐怕只有……「川芎大哥，難道說？」

「那傢伙居然唬爛我是曹先生託他帶來的！」川芎黑了臉，咬牙切齒地說道。

此話一出，一切疑問頓時迎刃而解。

爲了感謝川芎與莓花讓藍采和寄住家裡，身爲監護人的曹景休只要登門拜訪，都會帶禮盒前來。

久而久之，川芎也見怪不怪了，心情早就從「眞的假的？仙人送的禮盒？還是抹茶口味的蛋捲？」轉變成「禮盒太多吃不完，乾脆分給張薔蜜和她的同事吃好了」。

因此，收到韓湘謊稱是曹景休託他帶來的禮物，川芎不疑有他，隨手就將東西塞進冰箱裡。過幾天後，他也忘了這回事，沒想到今天卻引發出如此大的問題。

「原來如此。」藍采和不怒反笑，她的微笑越來越溫柔，「小瓊，沒辦法了……」

「只好等他做出解藥，再痛毆他一頓！」藍采和與何瓊異口同聲地說道。

「當然是不留情的。」藍采和最後微笑補充，一副純良無害的小女兒姿態。

川芎都要同情韓湘了。藍采和天生怪力，不留情的話，根本就是超越恐怖的凶器！

「你們沒打電話給韓湘嗎？」川芎一邊打開冰淇淋盒子，一邊問出最基本的問題。

以藍采和的性子，沒有第一時間透過電話，將她所知道的髒話送給韓湘當招呼語，並強迫把人拖來，未免太不合常理了。

「有打電話了，可是阿湘早一步畏罪潛逃，沒人接。」藍采和笑容滿面地折手指，發出危險的咔咔聲，「所以我和小瓊決定晚點去找方奎和曉愁，說不定阿湘躲到他們那邊去了。」

川芎沒有給予回應，例如「藍采和你可別把人家房子拆了，否則我就拆了你」，他只是沉默地注視著已經打開的盒子。

「哥哥？」藍采和納悶地問。

「……藍采和，你們吃的是銅鑼燒冰淇淋沒錯吧？」半晌後，川芎語氣古怪地開口。

「是啊，我和小瓊都是吃了……」藍采和倏然察覺到什麼，神情一變，連忙伸手搶過盒子，就怕裡面的食物眞的變成異形咬川芎一口。

只是一奪過盒子，藍采和也呆住了。她睜大水藍色的眸子，眸裡滿是呆然。

「這、這是……」湊過來一看的何瓊也吃驚地捂著嘴。

「小兔子！」莓花則是驚喜地大叫出聲。

在盒子裡面的，並不是什麼銅鑼燒冰淇淋，而是一個個造形可愛的兔子小饅頭。

藍采和與何瓊對視，很肯定他們之前吃下的並不是這玩意。也就是說……

「不是吧？阿湘這次做的東西還會自行變化嗎？」藍采和驚訝地嚷，不知道該不該佩服同伴是某種意義上的天才。

「唔啊，這也變得太可愛了。」何瓊忍不住用手指戳戳那柔軟又富有彈性的外皮，「川芎大哥，這些可以不要扔嗎？我想看它們之後會變成什麼東西。」

「葛格，莓花也是！莓花也想看！」莓花連忙拉拉兄長的衣袖，熱切地望著他，「會不會變出熊熊呀？」

會不會變成小熊，川芎不敢肯定，但面對最可愛的妹妹和喜歡的女孩——雖然現在是男的——他無論如何都拒絕不了。

「嗯。」他點頭表示同意。

「太好了。」何瓊眉開眼笑，俊俏的面孔耀眼得不可思議。

即使滿心愛慕藍采和的莓花，也不禁被吸引目光，微紅了臉。

藍采和卻可以發誓，何瓊絕不是爲了這麼單純的原因留下小兔子饅頭。她可是看見那雙粉紅色的眸子裡，閃動著準備惡作劇時才會有的光彩。

「對了，得先打給曉愁他們才行。」何瓊想起正事，他輕擊掌，隨即便要掏出手機。

但藍采和卻阻止了他，「等等，小瓊。妳現在打過去，曉愁和方奎會當成惡作劇吧？妳目前的聲音是男生呢。我打也不適合，哥哥，能拜託你嗎？」

「是可以。」川芎沒想到最後會變成自己，不過還是皺著眉答應了。

他拿出手機，按下藍采和告知的一串號碼，但就在他撥出前一秒，門鈴忽然大響。

有人來訪。

門鈴聲嚇了客廳眾人一跳。

川芎頓時放下手機，腦子裡飛快轉過一圈可能的客人名單。

薔蜜？其他仙人？還是出國玩的父母忽然回來了？

「哥哥，是薔蜜姊嗎？」藍采和第一時間想到最常上門的女編輯，「你的稿子……沒寫完？」

「誰沒寫完？老子就一定要和『拖稿』劃上等號嗎？我又不是那玩意的代言人！」川芎惱怒地瞪了藍采和一眼，「張薔蜜有我家鑰匙，是她的話會自己進來，哪還用按什麼門鈴。」

「哎，我只是……」藍采和摸摸鼻子，不好意思說林家長男的拖稿紀錄太輝煌，甚至還曾爲了躲避責編的追殺，跑到其他城鎮。

川芎沒再理會藍采和，他邁開大步走出玄關，在鍥而不捨的門鈴聲中，打開大門，迎面見到的卻是兩抹熟悉又出乎意料的人影。

川芎愣了一下。

「嗨，川芎大哥。」戴著方框眼鏡的英挺少年笑嘻嘻地打招呼，收回緊按門鈴不放的食指。

「不好意思，突然來你們家拜訪。」容貌明媚清麗的髮髮少女有禮地低下頭。

「你們……」川芎難掩驚訝之色，因爲這兩人就是他們剛剛才提到的方奎和余曉愁。

靠！也太湊巧了吧？說曹操，曹操就到！

「哥哥，外面是誰？」藍采和的聲音自後方響起。

川芎還來不及阻止，藍髮少女已抱著莓花探出頭，與門外的方奎、余曉愁對上了眼。

川芎按著額，懶得管接下來可能上演的場景了。

方奎和余曉愁的表情看起來很震驚，兩雙眼睛瞬也不瞬地瞪著從來不曾在這個家出現過的藍髮少女。

水藍色的髮絲和眼瞳，還有眼下的水色焰紋……

「藍采和？」方奎喊出了對方的名字，不敢相信地抽口氣，「天啊、天啊……你眞的性別轉換了？」

什麼？川芎沒漏聽方奎的話，對方簡直像是早已知道會發生什麼事。他愕然地看向方奎，但對方已拉著自己女友衝進屋子裡。

「藍采和？女生版的藍采和？這眞是太神奇了！」方奎繞著一時反應不過來的藍采和轉，臉上的震驚已變成敬佩和興奮，「雖然阿湘之前已經……不過，看到其他人變，感覺更是不一樣啊！」

方奎嘖嘖稱奇地讚歎著，又將藍采和從頭到腳打量一遍，最後認眞地給出意見。

「藍采和，你真的是女孩子沒錯吧？胸部好像還不夠突……！」

瞬間，俐落的一掌搧上方奎的後腦。

「方奎先生。」余曉愁冷著俏臉，陰惻惻地說，「你知道你現在做的事，叫作『性騷擾』嗎？啊？」

「可是藍采和不是真的女孩子吧？」方奎捂著發疼的後腦，覺得有些無辜地說，「而且對我來說，女孩子的標準起碼要跟曉愁妳一樣。我剛也只是拿妳作基準，來判斷藍采和是不是真的變成女的。」

「噗！方奎你這樣說，是在變相炫耀曉愁才是女孩子的完美代表吧。」藍采和噗哧一笑，一點也不介意方奎之前說的話。

「那還用說嗎？」方奎放下捂著後腦的手，得意地一推眼鏡，「我的女友可是全世界最完美的！」

「少、少在那邊胡說八道了，你以為這樣說我就會開心嗎？」余曉愁伸手捏了下方奎腰間，臉上佯怒，卻掩飾不了眼角和唇角的欣喜。

藍采和自動遮住莓花雙眼，自己也別過臉，免得被眼前的傻瓜情侶閃到瞎掉。

「不管怎樣，我想玄關不是適合談話的地方。」一道少年聲音傳來。

方奎和余曉愁轉過頭，映入眼中的是一張俊俏非凡的臉孔。粉紅色的髮絲與粉紅色的眼眸，加上額間的五瓣菱紋……

「小……小瓊？」方奎瞪大眼，比起乍見藍采和那時，這時的情緒多了驚嚇，「等一下，連妳也變了？但阿湘明明說女生不會出問題的，他只打算先針對藍采和……啊。」

方奎後知後覺地發現到，自己好像不小心將好友出賣得一乾二淨了。

余曉愁壓著額角嘆氣。方奎這笨蛋，這種話要留到最後才說呀。現在可好了，沒看見藍采和跟何瓊的眼神都透露出「危險」兩字了嗎？

龍王陛下在上，阿湘這次眞的慘了！

「針對我？原來阿湘一開始就是打我的主意嗎？」藍髮少女甜甜笑起，搭在鞋櫃上的手指不知不覺開始施勁，「害我對花過敏，讓我變成小孩子，這些還不夠嗎？現在居然他×的——」

「藍采和，你要是讓我家莓花聽到不該聽的，我立刻聯絡曹先生！」搶在藍采和發飆之前，川芎先一步發飆了。

藍采和反射性捂住嘴。先別說害怕曹景休上門，她可不願讓林家么女聽見不該聽的。

方奎和余曉愁鬆了口氣，看著那個隱隱出現裂痕的鞋櫃沒有眞的當場解體。

「總之，韓湘跟你們倆說過他的實驗吧？他現在在哪？有跟你們說解決辦法嗎？」川芎揉揉眉心。

這分明不干自己的事，但爲何自己比幾個當事人還累？不管怎樣，川芎只想趕緊解決這些事，免得藍采和的植物從籃中界出來，知道自己的主人轉換了性別，又是一陣雞飛狗跳。

「阿湘？阿湘不就在……啊咧？」方奎先是笑著回頭，但一看見空空蕩蕩的大門口，頓時換他一愣，「奇怪，人呢？」

「你說『人』……難不成阿湘有跟你們一塊來？」藍采和吃驚極了，她與何瓊互望一眼。依韓湘作風，不都是弄完實驗就躲得不見人影嗎？想當初他還從天界躲到人界來呢！是什麼原因讓那個畏縮內向的仙人前來自首？

「不是，其實我和曉愁才是跟著阿湘一塊來的人。他出了點事，急著找你們。」方奎語焉不詳地說，隨後似乎醒悟到什麼，快步奔出林家大宅。

見狀，余曉愁跟著跑出去，還不忘要川芎他們先在屋裡等。

留在玄關的四人面面相覷，不懂這對小情侶葫蘆裡賣什麼藥。

沒一會兒，門外又出現了人影，只是這回從二變成三。

中間那人用一把紫色雨傘遮住臉和上半身，左邊和右邊的臂膀則被方奎和余曉愁拉著。

即使不露臉，所有人也都知道那是誰。

事件始作俑者，韓湘！

「好了，阿湘，把雨傘收起來吧。」方奎拍拍仙人好友的背，「就算川芎大哥他家玄關大，你一把雨傘開著還是很擠哪。」

人影仍緊抓雨傘不放，似乎在糾結什麼。

藍采和與何瓊心裡浮上越來越多疑惑。

韓湘先前因為研究關於詛咒的實驗，不小心連自己也中招，成了一曬太陽就會暈的體質，但屋內可沒陽光啊。

「阿湘，是誰說要找小瓊他們的？」余曉愁揚起眉毛，眼明手快地探向對方手中傘柄，迅速奪過那把紫色雨傘，再俐落地收起。

失去雨傘遮擋的身影瞬間發出哀叫，反射性以手臂護著臉，飛也似地蹲了下來，那模樣簡直就像極度畏怕日光的吸血鬼。

可是，藍采和等人卻沒有在意韓湘這個古怪又激烈的反應，他們面面相覷，在彼此眼中看見同樣的錯愕。

剛剛的那聲哀叫，聽起來可不像是男孩子會有的聲音。莫非、難道……

「阿湘，你該不會也……」藍采和屏著氣，遲疑地問出眾人共同的疑問。

蹲在地上的人影瑟縮了下，然後像是下定某種決心，遮擋臉部的手臂終於慢慢挪了開來，露出一張秀氣怯弱、屬於女孩子的臉蛋。

接下來，空氣中出現剎那漣漪。等到漣漪消失，漆黑的髮絲與眼眸被淡紫取代，蹲在玄關的赫然是個紫髮紫眸的美少女。

她眉毛垂下，眼眸裡蓄著淚水，加上微哆嗦著的身體，乍看下如同一隻受驚的小兔子。

藍采和與何瓊啞然。

莓花瞪圓眼睛，「阿湘葛格……變成姊姊了？」

川芎頭痛地按住額。

靠杯啦，始作俑者自己都中標是哪招啊！

藍采和把自己重重地拋進床鋪，臉埋進枕頭內，全身軟綿綿的，連一根手指都不想動。

經過半天的折騰，這名藍髮少女已累得受不了。雖然沒進行什麼重勞動，但光心靈上的疲乏也夠受了。

莫名其妙變成女的，接著弄出這串事件的韓湘也……

「小、小藍。」怯怯的呼喚聲突地響起。

藍采和費了好大的勁，才讓自己轉過頭。

敞開的房門口，站著明顯剛沐浴完的紫髮少女。對方手裡抱著換下的衣服，頭髮猶帶水氣，模樣畏縮，似乎不確定自己能否進入房內。

「阿湘，你杵在那幹嘛？頭髮濕了要快點吹乾哪。」藍采和揮了下手臂，指指吹風機的位置。

「小藍，我眞的……我眞的可以先寄住在這裡幾天嗎？」韓湘結結巴巴地問，到現在仍不敢相信自己運氣這麼好。

她來林家求助時，已經做好可能會被嗶——或嗶——的心理準備了，畢竟就是她害得小藍變成女的，最後連小瓊性別也被改變。她眞的沒想到藥劑會出問題，她原本的目標眞的只有小藍一人啊！

「爲什麼阿湘你看起來像在想些什麼失禮的事？」藍采和瞇細眼。

「咦咦？沒有！」韓湘趕緊大力搖頭，「你誤會了，小藍，我絕對沒有想說你是一個好實驗對象，更沒有想過反正你都試過其他實驗了，再加一樣也沒關係的！絕、絕對沒有！」

「太好了，阿湘。」藍采和慢呑呑地撐起身體，盤腿坐在床上。她歪著頭，也不在意寬大的衣服使得肩膀線條露出大半，秀美的臉蛋綻放無害的微笑，「沒人告訴你，心裡話就是要放在心裡的嗎？操你媽的！你還把老子當免費又好用的實驗小白鼠嗎！」

「哇！小藍你冷靜呀！」眼見一顆枕頭快狠準地往自己方向飛來，韓湘嚇得悲鳴一聲，慌慌張張地彎腰閃躲。

即使那只是顆柔軟的枕頭，但只要配上藍采和的怪力，被砸到當場昏厥都有可能。

枕頭飛到了外邊走廊，隨即換來一聲沉重聲響。

藍采和與韓湘一愣，過了一會兒才反應過來，那好像是重物砸上牆壁的聲音，聲音是從隔壁房間傳來的。

而隔壁房間的主人是……

藍采和二人瞬時變了臉色。

藍采和馬上捂住嘴，韓湘則是動作迅速地撿回房外枕頭，再將房門關上。

「玉帝在上，差點忘了小瓊已經睡下。」藍采和呼出一口氣，驚險地拍拍胸口。

「還好小瓊沒有抓狂……」韓湘也心有餘悸。

何瓊的起床氣，是他們八仙中最嚇人的。要是敢干擾他睡覺，他會直接翻臉不認人，提刀追殺對方。

不管是藍采和或韓湘，都有多次生死一瞬間的驚險經驗。

怕再吵到何瓊，韓湘乖乖地閉上嘴，找出了吹風機吹頭髮。

藍采和重新躺回床上，回想著今天發生的事。

變成女生的韓湘，在方奎和余曉愁的陪同下，前來登門求助。

原來韓湘在實驗過程中，不小心將藥劑滴落在一旁的茶杯裡卻沒有察覺。茶杯一直被擱著，直到今天韓湘無意間使用。

於是悲劇就這麼發生了。

偏偏無論韓湘試了幾次，都調配不出解藥，最後只得將希望寄於那些最先製造出來的銅鑼燒冰淇淋上——現在則是變成了小兔子饅頭。

對韓湘而言，從發明中分析出破解成分，並不是什麼難事。

幸好那些小兔子饅頭還留著，因此眾人達成共識——韓湘暫時先寄住在林家幾天，一方面可以研究解藥，一方面變成女孩的她也好有人照應。例如她身上現在穿的衣物，就是先向何瓊借的。

「眞是的，阿湘，你一定要趕快研究出解藥哪。」藍采和喃喃地說，「這樣我和小瓊才能蓋你布袋洩恨……放心，我只會出十分之九的力氣，不會用全力的。」

韓湘吹頭髮的動作僵了一下，臉色刷白。

原來藍采和二人打算事件結束後才要算總帳，並不是眞的放著不管了。

噫！這樣、這樣我該怎麼辦？十分之九的力氣……小藍只出十分之一力氣就能將人打成豬頭了！韓湘心驚膽跳地偷瞄著床上昏昏欲睡的藍髮少女，心裡瞬間做出決定：能拖一天是一天，她絕對不想親自體會那十分之九力氣的威力。

渾然不知自己的喃喃自語沒被吹風機聲音蓋過，讓韓湘聽得一清二楚，藍采和閉著眼，伸手摸向棉被，想要把自己捲起。

但或許是棉被太靠近床邊，雖然勾到了，但她也跟著翻下床。

藍采和連驚呼都來不及就已跌至地板。幸好有棉被墊底才沒摔疼，也沒製造出吵到隔壁房的聲響。

隨後，某個東西似乎受到此番震動影響，自上方墜落，敲到藍采和腦袋上。

藍采和摸摸並不疼的頭，將那東西抓到眼前一看，原來砸下來的是空無一物的竹籃子。

雖說外觀不起眼，可實際上它是藍采和的法寶，眞正的名字是如意花籃。籃裡存在肉眼無法看見的巨大空間，稱之爲籃中界，裡面待著可以化成人形的植物們。

這些植物對藍采和忠心耿耿，是她的最佳助力。

看著籃子，藍采和眨眨眼，再眨眨眼，緊接著「啊」了一聲，她想起自己今天忘了什麼了，她沒把阿蘿放出來。

怪不得總覺得少了什麼。

正當藍采和準備解開結界，放出平時一直跟在自己身邊的植物時，身後突然傳出重物落地的聲音。

藍采和嚇了一跳，迅速回頭，映入眼中的是韓湘面露震驚的模樣，吹風機掉在她腳下。

「阿湘，怎麼了嗎？」藍采和納悶地摸摸自己的臉，頭髮仍是變化後的長度，沒縮短。她再低頭看看自己的胸部，沒變大也沒變小。既然如此，韓湘為什麼會用那副表情看著自己？

「怎麼了嗎？」藍采和又問了一次。

「小藍……」韓湘像是沒聽見藍采和的問話，顫著聲音，眼眶泛紅，「我沒想到……嗚，我沒想到你對我這麼好，竟、竟然主動將床讓給我，自己睡地上……」

「不，我只是……」

「其實你不用這樣做的，像我這種人、像我這種人，就算睡廁所也沒關係的！對不起，都是我厚著臉皮……嚶嚶嚶，都是我的錯……」

「如果你真的想睡廁所，我也……」

「請原諒我，這一切都是我的錯！不，就算不原諒也沒關係的，請讓我一個人待在角落，孤獨腐朽地過一生……化為灰燼後，也請盡量地踐踏我過去吧……」

「……」藍采和搖搖頭，知道同伴又陷入悲觀模式。不打算阻止對方蜷縮在房間角落自怨自艾地畫圈圈，她只是說，「阿湘，你要蹲在那長香菇也沒關係，我要先放出阿蘿了。」

韓湘陷入自己的灰色小世界，不時地吸吸鼻子，喃喃自語。

即使性別轉換，但在世間被尊稱爲「韓湘子」的八仙之一，韓湘，一樣是個消極又悲觀的愛哭鬼。

不再理會那抹看起來眞的能冒出香菇的背影，藍采和張開手指，往籃內作勢一抓。

說也奇怪，本來空無一物的籃子上方，剎那間被抓出了多條淡銀光絲。

下一秒，藍采和再將手指探入。蒼白的手指像是被看不見的空間吞入，接著她的指尖赫然被一雙小短手抓著。

隨著藍采和的手臂完全抽離竹籃，小短手的主人也一併顯露了身影。

那是一根有手有腳還有臉的人面蘿蔔，頭頂上的翠綠葉片恣意飛揚。

「俺出來了！俺終於出來了啊！」阿蘿陶醉地閉著眼，享受脫離籃中界的自由。

噢，感謝最帥氣的小藍夥伴！俺再也不用在裡面被人踩、被掃到颱風尾，還有被變態纏上！

一心一意感受著氣流拂過臉頰的阿蘿，完全沒發現到它脫出籃中界的雙腳上，居然還掛著一抹只有人類巴掌大的迷你人影。

人影有著艷麗的紫紅色頭髮與眼睛，是個俏麗甜美的女孩。

阿蘿沒看見，可藍采和看見了。她一時收勢不住，只能瞠目結舌地看著紫髮女孩的雙腳竟也各纏著兩截黑影。

一截黑影柔軟如布料，一截黑影狀如荊棘，荊棘狀黑影的末端還捲著一束火焰，火焰後緊追著三團色澤不同的光球。

藍采和發誓自己還看見星星光環跟水流也想衝出來，她猛然回過神，抓在另一隻手上的光絲迅雷不及掩耳地飛回籃子上，瞬間將三團光球中的兩團攔截下，使得這條粽子串只串到紅紫色光團。

阿蘿張開雙手，用自認最完美的姿勢降落在地，依舊對極短時間內發生的事毫無所覺，也不知道跟在自己身後的粽子串已在空中紛紛化出身形。

當它回過頭，想給一天沒見的小藍夥伴來個熱烈的飛撲招呼時，細小的雙眼頓時因爲撞入眼中的景象而瞪至最大。

一、二、三、四、五，自己身後出現了五條迷你人影！

黑髮白膚的陰冷男人、金髮藍眸的艷麗女子、紅髮赤瞳的倔傲少年、黑髮紅眼的英氣少女，以及有著紫紅髮色與紫紅眼睛的女孩。

——鬼針、茉薇、椒炎、紅李，還有赤赤赤……

「不要啊！爲什麼赤珊瑚——唔噗！」阿蘿花容失色的尖叫瞬間被消音，一隻蒼白小巧的腳丫子俐落果決地踩住它，隨後是笑盈盈的嗓音落下。

「再叫？你以爲現在幾點了？那麼想被老子把你送到小瓊房間嗎？噢，附帶一提，小瓊正在睡覺呢，阿蘿。」

何大人？睡覺？阿蘿立刻抓住關鍵字，它驚恐地撲騰自己的小短手，只希望能傳遞出自己的心意。

不！求求你千萬別這麼做啊！俺不想被何大人在身上刺出無數個洞，像是篩子能透光一樣……夥伴、夥伴！俺知道你最帥最有男子氣概了！你一定不會將帥氣度僅次於你的俺送到……

慢著，等等，男子氣概？阿蘿停住揮動的小短手，忽然注意到一件事。

小藍夥伴是男子氣概NO.1，可是自己剛剛聽見的……爲啥米會是女孩子的聲音？

阿蘿直覺有不得了的大事發生，它先努力地轉過臉，看著自己的五位植物同伴。

赤珊瑚等人全都仰著頭、瞪大眼，饒是鬼針也罕見地流露出震驚情緒。

阿蘿馬上想到他們一定是看見什麼驚人的東西。

阿蘿試著動動身體，發現踩著自己的腳丫子不再壓得那麼緊，它毫不猶豫地奮力匍匐前進。

嘿咻！嘿咻！報告，阿蘿一等兵現在就要解開眞相了！

直到整個身體重獲自由，阿蘿這才扭頭往上一看——藍髮藍眸的少女仙人對它露齒一笑。

阿蘿只覺腦袋好像發生大爆炸，眼花了嗎？終於在籃中界同伴們無情的折磨下產生幻覺了嗎？

「夥夥夥夥夥……」阿蘿結巴得連話也說不完整，「女女女女女……腳丫……」

「是女孩子沒錯唷，胸部也是眞的。」藍采和笑容滿面地蹲下來，「總之，就是不小心吃到阿湘做的東西。對了，誰敢大叫就他媽的等著被我埋到外面庭院裡當肥料。」

「玉帝啊！這眞是太不可思議了！夥伴你眞的變成女孩了了！請讓俺撲進你的聖域裡吧——」阿蘿雙眼放光，雙腳蹬地，立即鎖定目標，直撲藍采和胸前。

只不過才剛飛身來到空中，面前已快一步閃現兩抹人影。

「滾！」

「去死！」

鬼針和椒炎同時一腳踹向阿蘿，毫不留情地將人面蘿蔔踹飛出去。

阿蘿以爲自己會飛越這間房，沒想到下一剎那竟是撞進一個柔軟又富有彈性的觸感裡。

阿蘿一呆，接著感覺自己被兩隻手抓住。

「呼呼呼，阿蘿，原來你喜歡這樣的嗎？你大可以不用跟我客氣的。」恢復正常身高的赤珊瑚抓著阿蘿，她舔舔唇，雙眼就像是鎖定獵物的野獸，閃爍著危險光芒，「請、盡量，眞的不用跟我客氣哪。」

阿蘿的反應是直接眼一閉，當場昏死過去。

沒人想管被赤珊瑚捕獲的阿蘿。

「鬼針、椒炎。」藍采和托著下巴，伸手輕戳了自己的兩株植物，「你們要確認看看嗎？」

鬼針和椒炎同時抬頭，望著那張因變成女性而顯得秀美的蒼白容顏，然後他們低下頭，望著那異於男性的兩團綿軟。

一秒、兩秒、三秒，鬼針猛地彈退一大步，就像十分狼狽地別開臉。

椒炎漲紅一張臉，飛到更遠位置後，忍不住結巴大叫道：「太、太不知廉恥了！」

「哎？我只是問你們要不要確認我的力量有沒有哪裡異常。」藍采和一臉莫名地看著反應劇烈的兩植物，不知道他們究竟想到哪裡去了。

鬼針和椒炎一退走，另外兩抹人影奇快無比地撲上來，她們的身形眨眼間變大，恢復正常的大小。

「主人！」

「采和！」

紅李和茉薇一人抱住一隻手臂，將藍采和撲在床上。

「主人、主人，你好可愛！你這樣眞的好可愛！」紅李興奮地嚷道：「噢，花蕉和香梨會後悔死的，她們差一步就能看到了。」

「采和，原來女孩子的你是這種模樣。太好了，我們可以一起洗澡，一起睡覺，我一定要替你換許多可愛的衣服！」茉薇摟著藍采和的腦袋，將對方往自己胸口蹭，滿臉開心。

「好了，女孩們，冷靜一點。」藍采和寵溺地笑道：「我這樣只是暫時的，很快就會回復原狀了。對吧，阿湘？」

「嗚……小藍你不要理我……」紫髮少女繼續縮在角落嚶嚶哭泣。

聽見這道聲音的植物們一怔，這才發覺房裡還有另一名仙人。

「主人，韓大人也……」紅李詫異地瞧著那抹女性的背影。

「唔，其實小瓊也是。」藍采和指指隔壁，「目前就我們三個。」

「噢……」紅李明白地點點頭，大致理解異常事情的原因，恐怕就是自己也中招的韓湘。

「不過，韓大人這次做得可真是太好了。」紅李咧出開心的笑，紅紫色眼眸對上另一邊的茉薇，瞧見對方也是相同心思。

都是女孩子，就可以黏在一起做很多事。逛街、聊心事、洗澡、睡覺，還能光明正大地驅趕鬼針他們那些男性生物！

「主人、主人，我們明天去游泳，買新泳裝！」紅李欣喜地抱著藍采和的手臂，眼裡全是期待的光芒，「我看人類電視說，夏天這種季節最適合穿新泳裝去游泳了！」

「紅李說的沒錯。」茉薇大力支持同伴的意見，還得意地瞥視了旁邊的鬼針一眼，「采和，我們可以陪你挑，陪你試穿。」

「喂喂，等一下！陪試穿什麼的……那不是把藍采和看光光了嗎？」椒炎拉高了聲音。

「啊？我和紅李都是女孩子，采和現在也是女孩子。」茉薇揚高柳眉，高傲地俯視依舊迷你體型的紅髮少年，「女孩子就算互看，也不是什麼大不了的事吧？」

「難道說椒炎你想看？下流！」紅李鄙夷地瞪著對方。

「什……」椒炎可沒想到自己才說了一句話，就被兩名女性攻擊得體無完膚。他漲紅一張臉，看起來又氣又惱，似乎想要憤怒反駁，但當視線對上如今是女兒身的藍采和，腦子裡閃過了紅李的指責：

「難道說椒炎你想看？」

不不不不對！我才沒有想看！椒炎幾乎全身變成鮮艷的紅，頭頂還冒出白煙，整個人陷入混亂狀態。

「我不准。」鬼針卻是不爲所動，他陰冷地說，「藍采和不准跟妳們兩個去游泳。」

「笑話，我們想跟采和做什麼，還要徵得你同意嗎？」茉薇冷笑。

「跟妳們這兩個腦袋不知道有沒有帶在身上，當初傻愣愣被操控，連藍采和也認不出來的女人出去，誰知道又會出什麼事？」鬼針言詞毒辣，專挑茉薇、紅李最不想再聽到的事講。

茉薇與紅李曾遭人操控，將藍采和當作敵人，這事對她們而言，是最大的污點和最大的痛。

兩人表情瞬間變了。

「鬼針！」紅李杏眸怒睜，手中出現一柄等身餐刀，鋒利的刀鋒立即直指挖人傷疤的黑髮男人。

「你那麼想打一場的話，我絕對不會讓你希望落空的。」茉薇抓住了荊棘長鞭，周身環繞濃烈怒氣，「你這個肚量狹小到連隻螞蟻也塞不進的沒用男人！」

「是我不會讓妳們的希望落空吧？」鬼針傲慢又冷酷地笑，身形轉眼抽高，背後浮立無數黑針。

熱衷於對阿蘿上下其手的赤珊瑚瞄了一下即將開打的同伴們，又瞄了一眼被晾在一邊、微笑依舊、殺氣卻越來越猛烈的藍髮少女，她聳聳肩膀，完全沒興趣蹚這渾水。

眼見規模堪稱可輕易毀掉一棟建築物的戰爭就要展開，被人晾在一旁的藍采和，理智在這一刻也繃到極限，宣告斷裂。

藍采和大怒站起，「夠了！統統給我閉嘴！老子不說話眞當我死了嗎？鬼針、茉薇、紅李、椒炎，你們誰敢打起來，我他媽的就把誰埋到外面去當院子裡的肥料！」

這聲厲喝可謂石破天驚，當下震懾住所有人，也成功阻止一場戰爭。

就在椒炎猛然反應過來自己什麼事都沒做、想要抗議的時候，蹲在角落的韓湘倏然怯生生開口了。

紫髮少女顫抖著聲音，語氣比剛剛的哭腔更虛弱，「那那那那個，小藍……我知、知道現在說可能有點晚了，可是……你是不是忘、忘了什麼？」

見藍采和一臉納悶，韓湘沉痛地閉上眼，手指比向門口。

藍采和下意識望過去。

房門不知什麼時候被人打開了，一名粉紅髮色的少年站在門口，俊俏臉孔沒有笑意，有的只是風雨欲來的恐怖殺氣。他手中，還各提著一柄柳葉刀。

藍采和驚恐地倒抽一口氣。

八仙中，起床氣最大也最嚇人的何瓊咧開一抹陰惻惻的笑，「我已經施下結界，不會吵到川芎大哥他們了。不用說了，小藍，我知道你們一而再、再而三地吵我睡覺——就是想找死！」

「等……小瓊妳誤會了！妳不要衝動！拜託妳不要拿刀砍過來啊——」

寂靜的夜，沒有人聽見的慘叫迴盪在林家二樓的某間房裡。

參

隔天一早，川芎去敲藍采和房間門時，被藍采和與韓湘的熊貓眼嚇了一跳。

「靠！你們倆是整夜沒睡嗎？」川芎瞪著呵欠連連的兩人，又往房裡望去，瞧見地板上倒著好幾抹巴掌大的身影——鬼針、茉薇、紅李、椒炎。

這幾隻武鬥派的植物怎麼跑出來了？川芎心裡一驚，趕緊迅速掃過房內一圈，幸好沒見到物品被毀壞的跡象。他鬆了一口氣，接著又發現床底下居然還躺著一名紫紅頭髮的女孩子。是體型沒有縮小的赤珊瑚。

赤珊瑚閉著眼，仍在呼呼大睡，臂彎緊緊抱著也在沉睡，卻一臉痛苦之色的阿蘿。

川芎實在不想推測昨夜到底發生了什麼事。

「哥哥，早……」藍采和揉揉眼睛，睡意濃厚地打著招呼。

「川芎大哥，早安……」後方的韓湘也是呵欠連連。

「你們這樣子，還有辦法出去玩嗎？」川芎緊皺眉頭。

「玩？」藍采和與韓湘停下揉眼、打呵欠的動作，一時腦袋沒辦法運轉。

「玩？川芎大哥，我們今天要出門嗎？」

另一道精神奕奕的少年嗓音傳過來，正好出房的何瓊好奇地靠近。與藍采和二人相比，對方可說是神清氣爽得過分。

藍采和與韓湘無比嫉妒地看向何瓊。昨天明明追殺了她們一夜，為什麼對方就是比自己來得有精神？

「要出門，兩天一夜的那種。」川芎點頭，「一早接到薔蜜的電話，問我們要不要跟她一起到中南部玩，住的地方她會打點，帶換洗衣物就可以了，其他東西對方會提供。你們有要去嗎？如果還想睡的話，留在家也可……」

「去去去！我們要去！」藍采和與韓湘精神一振，兩人對望一眼，飛快拋下話，「拜託等我們十分鐘！」

「川芎大哥，也請等我五分鐘喔。」何瓊笑咪咪地說道。

目送三人跑回房，林家長男抓抓頭髮，只能把還沒說完的話先嚥了回去。

他都還沒說，他們要參加的旅行其實是薔蜜報名的「清涼一嚇，兩天一夜試膽之旅」。

——由「驚奇！你所不知道的超自然世界」主辦。

照薔蜜事先在電話裡交代的，川芎他們必須先到指定地點，與她及其他參加成員會合，接著等主辦單位派遣遊覽車接送。

川芎知道參加這次旅行的人包括他們，總共有十二人——雖然扣掉他們幾個，也只剩六個名額——可他無論如何也沒想到，預期中本該陌生的其他參加者，居然統統是認識的熟面孔！

「你們……」川芎手中的輕便行李袋掉在地上，目瞪口呆地望著集合處的其他人。

集合地在某棟大樓的騎樓，六名男女已先抵達，其中一人正是邀請川芎他們參加的薔蜜。

站在薔蜜身旁的人有老有少，有戴著漁夫帽的硬朗老者、文靜溫柔的女子、戴著單邊鏡片的長辮男子，還有一對一看就知道是小情侶的英挺少年和清麗少女。

而這些人，川芎都認識——東海主任、東海主任的幽靈女友、鍾離權，以及昨日來拜訪過的方奎和余曉愁！

「怎麼了嗎？」薔蜜輕推下眼鏡。

「什麼怎麼了？」川芎瞪著知情不報的美麗女子，「張薔蜜，妳怎麼沒跟我說其他人是誰？」

「哈哈，因為我們想要讓你嚇一跳嘛，川芎大哥。」方奎笑嘻嘻地說，接著朝同樣愣住的韓湘揮揮手，「阿湘，我們有讓你大吃一驚，對吧？」

「這主意是方奎出的。」余曉愁搖搖頭，像是覺得自己男友有點無聊，但她的眼角和唇角卻又帶著一份縱容。

「方、方奎，曉愁……」韓湘結結巴巴地說，「你們……玉帝在上，連阿權你們也來了？」

「其實我是跟著主任他們一塊來的。」同樣身為八仙之一，在人界身分是補習班老師的鍾離權和煦一笑，「阿湘、小瓊、小藍，你們變成這樣也很好看呢。」

「喔喔，所以這兩位漂亮女孩是藍采和跟韓湘？至於這位小帥哥，則是何瓊？」東海主任摘下帽子，興致勃勃地說。他不但是藍采和等人在人界的朋友，還是鍾離權補習班的老闆，「這還眞是神奇呢，季季。」

「我也是第一次瞧見性別轉換這件事。東海，這世上眞的是無奇不有。」被喚作「季季」的季朝顏認眞地點點頭。

藍采和終於發現好幾點不對勁。

第一，初次見到性轉後他們的東海主任幾人，爲什麼不怎麼吃驚？

第二，朝顏小姐是一位幽靈，但現在的她不管怎麼看，有影子、有腳，還不是半透明的，簡直跟正常人沒兩樣！

「小藍，你看起來好像有很多問題要問？」鍾離權微微一笑，「朝顏小姐現在的樣子是我幫忙弄的。雖然不能維持太久，但這樣與主任在一起，應該更能享受旅遊的樂趣。」

「我很感謝阿權的幫忙。」朝顏紅著臉，望向東海主任的目光滿是愛意，「不過我還是能穿牆而過，這樣東海你要是上廁所昏倒的話，我就能進去救你了。」

「季季，好歹給我這張老臉留點面子嘛。」東海主任苦笑，「我上大號也不想人看的。」

「咳咳。」川芎咳嗽打斷這段對話，他可不想讓自己的寶貝妹妹聽太多關於廁所或大號的話題，「不好意思，我想問……主任，爲什麼你們看見藍采和他們馬上就認出來了，還不怎麼驚訝？」

想當初他雖然也一下認出三人身分，但當時受到的震驚可是好不容易才退去的。

「薔蜜沒什麼反應我還能理解，就算天塌下來她也不會吃驚的。」

「這麼說似乎太失禮了，川芎同學。天塌下來我也是會吃驚的，不過吃驚完之後就要把握時間，欣賞我買的大叔寫眞集。」薔蜜蹲下來，伸手圈抱過林家么女，「小莓花，我們不要理沒禮貌又只會做火鍋的哥哥。」

「葛格早上有成功地烤好一片吐司喔！」莓花挺起小胸膛，努力替兄長的廚藝辯護，「雖然其他五片都烤黑黑了。」

川芎感動的表情僵住，不知道怎麼跟妹妹說這個辯護似乎起了反效果。

「川芎大哥，其實我有傳阿湘他們的照片傳給薔蜜姊啦。」方奎忍著笑，明智地不針對林家長男的廚藝發言，尤其在他發現被對方牽著手的張果似乎無意間往自己方向瞥來一眼。

那雙稚氣的眉眼雖然一片清冷，然而卻蘊藏著某種壓迫感。

「小藍，你們性別顛倒後的照片我也先看到了，主任和朝顏也有看見。」鍾離權笑著解釋，「照片是小瓊發給我的。」

「小瓊？」

「小瓊！」

藍采和與韓湘大吃一驚，可沒想到眞正的凶手就在身旁。

「因爲很有趣嘛。」何瓊狡黠地勾起唇角，「之前小藍變小的照片我也有發給阿權喔。」

「回禮是我上次請小瓊吃下午茶，當然我有克制不加糖的。」鍾離權溫和地說。

這事反倒令所有人更吃驚。

眾所皆知，鍾離權雖然一派儒雅、渾身書卷味，但與他外表極爲不同的是，他對甜食的喜愛已經到了狂熱的地步。喝杯水也能加個十多包細砂糖，簡直像是血管裡流動的都是糖分一樣。

如此嗜甜如命的男人，竟然有辦法忍著不加糖？

「沒辦法，阿權一加我就沒食欲，那下午茶也等於白請了。」何瓊皺皺鼻子，動作流露出一絲孩子氣。

藍采和刮刮臉頰，總算明白這一切是怎麼回事。

「不過眞是太好了哪。」她露齒一笑，「這樣我們都不必特意隱藏什麼了。」

「不，拜託你還是給我好好隱藏你的怪力。」川芎吐槽兼警告。

藍采和尷尬地吐吐舌頭，隨即抬頭挺胸做出敬禮姿勢，「報告哥哥，我會努力的，請不用擔心！」

「報告小藍夥伴，俺也會安分的，所以不要讓俺和赤珊瑚、鬼針、椒炎、茉薇、紅李待在一起呀！」下一秒，另一聲悲痛大叫從藍采和背包內爆發出來。

所有人只見一抹白影飛也似地從背包裡竄出，眨眼躲到了藍采和的臂彎中瑟瑟發抖。

翠綠的葉片、白胖的身軀、細小的眼睛……赫然是阿蘿！

緊接著，又是五抹巴掌大的光團自背包內迅速飛出，環繞在藍采和身邊。

光團瞬間化成五抹小小人形，分別是鬼針、茉薇、椒炎、紅李，以及赤珊瑚。

「藍采和，你居然把這幾隻也帶出來？」川芎瞠目結舌。

藍采和眼神心虛地飄了飄。

「阿蘿，快離開主人的懷抱，否則我剁了你配生魚片！」紅李高聲喝道，小臉威凜。

「阿蘿，你喜歡的話，我也可以抱著你，看你喜歡女版的我，還是男版的我。」赤珊瑚咯咯笑道，眼波流轉。

阿蘿抖得頭頂葉片像是要掉下來。

藍采和當然有注意到川芎的額角隱隱浮冒青筋，心知再鬧下去，對方的青筋就要連成井字號了。正當她要喝令所有植物安分下來，卻猛然發現有輛小巴士正往他們的方向開過來。

車身上印著一排大字——驚奇！你所不知道的超自然世界！

「藍采和！」川芎沉下臉警告。「是主辦單位派來的遊覽車！

「收到！」藍采和連忙對自己的植物下令，就怕被人瞧見，到時候他們真的可以上「驚奇！你所不知道的超自然世界」這個節目了，「大家全回到我的背包去！」

「藍采和，你是傻了嗎？我們不讓人看，人類有辦法看見我們嗎？」鬼針輕蔑地扯著嘴角，「你要命令的是那根蘿蔔。」

「太好了，阿蘿，我們倆可以獨處一室囉。」赤珊瑚慢慢地舔下嘴唇。

阿蘿從頭到腳打了一個哆嗦，它死扒著藍采和不放，「不不！不要！夥伴你不能讓俺跟赤珊瑚單獨相處啊！俺冰清玉潔的貞操真的會不見的！」

「靠杯，這時候誰管那種東西會不會不見！」眼見小巴士已在對面停下，藍采和不敢遲疑，指間繞出銀絲，迅猛地纏捆住所有植物。待他們全變爲光球後，再往心口壓進去，暫時強迫他們待在自己身體裡。

同一時間，小巴士前座和後座的車門被人打開，兩抹差不多高的身影走下來。

擔任司機的男子穿著筆挺制服，手上套著白手套，臉上戴著遮陽用的有色鏡片，長長馬尾從頭後垂至肩膀，一身引人注目的瀟灑風采。

可能是導遊領隊，或是接待的另一名男人，臉上也一副太陽眼鏡，身穿黑西裝，繫條紋領帶，手中撐握著一根金屬製的手杖。與同伴相比，氣質竟有如黑道大哥。

川芎等人愣住了。

從對面走過來的司機揚起風度翩翩的笑，一邊摘下眼鏡，「歡迎大家搭乘『清涼一嚇，兩天一夜試膽之旅』的專車，我是你們的司……」

馬尾男子停住了話，愕然地瞪著站在川芎身畔的兩名少女與一名少年。他揉揉眼，再揉揉眼，像是不敢相信地長長吸了一口氣。

「小小小藍？阿阿阿湘？小小小小小瓊？」

「唷。」走路稍慢的另一名男人也靠了過來，他拿下太陽眼鏡，露出被遮擋的詭異杏仁狀瞳孔，再若無其事地從口袋取出一根香菸糖咬下，「你們三個終於想不開，做了變性手術嗎？放心好了，我不會對你們有任何偏見的。」

「不是吧……」川芎總算尋回聲音，他目瞪口呆地指著面前兩人，「呂洞賓？李凝陽？」

是有沒有這麼巧？八仙一口氣聚集了七仙！

川芎覺得事情巧得太過分了。

先是發現和他們參加旅遊行程的成員全是熟識的人，接著又發現負責這次旅行的司機和領隊，居然是呂洞賓跟李凝陽；這下子只差曹景休，八仙就全到齊了。

「阿林，放輕鬆點，出來玩不要板著臉嘛。」坐在駕駛座上的馬尾男子笑咪咪地回過頭，但馬上被副駕駛座上的同伴不客氣地扳回去。

「看前面路況，洞賓，除非你要我把你的頭黏住，這樣那顆還沒熟讀司機應遵守規則的腦袋就不會亂轉了。」李凝陽懶洋洋地扔出不留情的攻擊。

呂洞賓摸摸鼻子，繼續認真地開車，免得素來動口也動手的好友真的實踐自己說的話。

川芎搖搖頭，吐出一口氣，靠回椅背上。他身邊是早已睡得不醒人事的張果，後方則是玩得熱鬧的藍采和等人。

照呂洞賓的說法，他只是跑去應徵代班司機，沒想到上班第一天就碰上他們。雖然事前已拿到乘客名單，知道會是熟人，可他怎樣也沒想到，藍采和、韓湘與何瓊，居然會是性別轉換後的模樣！

至於李凝陽，則是被呂洞賓強迫拖來的。

對此，川芎得說幸好旅行成員是他們這些人，否則一般人瞧見像是黑道大哥的領隊，恐怕會嚇得打道回府。

「葛格、葛格。」一隻小手從椅背後伸過來，拍了拍川芎的肩頭。

他回過頭，看見自己妹妹可愛的小臉。

「葛格，這給你吃。」莓花將手裡的巧克力棒遞給兄長，白嫩的臉蛋因開心而染成蘋果紅，眸子裡閃動著光彩，看得出來她非常喜歡這次旅行。

川芎張口咬住巧克力棒，三兩下便吃進肚子裡。

「哥哥，還有抹茶口味的牛奶糖喔。」藍采和獻寶似地張開掌心，「阿權他帶超多零食的耶！」

川芎聞言，望向與東海主任二人坐在最後方的鍾離權。

戴著單邊鏡片的溫雅男子察覺到視線，笑容可掬地指指放在腳邊的背包。

「阿權的意思是他帶了很多，川芎大哥千萬不要客氣。」何瓊探出頭，笑眯一雙漂亮的貓兒眼，「啊，不過別拿阿湘買的糖果呢，那些可都是辣椒口味的。」

何瓊的話才剛說完，他前方座位就響起一陣嗆咳聲。

從川芎的位置看得很清楚，方奎臉色漲紅，眼眶內蓄著淚水，忙不迭抓過余曉愁遞來的礦泉水拚命灌。

很顯然，第一號犧牲者就是方奎了。

默默地同情對方了下，川芎重新環視車內一圈。

東海主任與朝顏卿卿我我，鍾離權捧著保溫鋼瓶不時喝上幾口，川芎絕對不想知道他在喝什麼。方奎仍在拚命喝水，余曉愁氣呼呼地捏著韓湘的臉，韓湘淚眼汪汪；藍采和、何瓊和莓花，正玩著交換零食的遊戲。

前座的呂洞賓在開車，不時從照後鏡偷瞄變成男兒身的何瓊，然後失落地唉聲嘆氣，也許是在失望著不能瞧見心上人的嬌美模樣。

而每當他一嘆氣，鄰座的李凝陽就會像受不了噪音污染般，直接用手杖戳過去，要他閉嘴好好駕駛。

最後，川芎視線轉至自己右邊，薔蜜手拿平板，專心嚴肅地看著上頭的文章。

川芎一翻白眼，迅速伸手搶過對方的平板，「眞是夠了，張薔蜜，出來玩妳還在工作？喂喂，邀我們一起來的是妳吧？是有什麼重要稿子，非得妳這時候……」

川芎目光瞄向螢幕，接著抱怨的話硬生生哽住。

螢幕上並不是川芎以爲的待審稿件，而是標題爲「旅行團撞鬼事蹟一百則」的文件。旁邊還開著另一個較小的分割視窗，顯示標題爲「大叔精選照片一百」的網頁。

川芎默了，那個大叔精選照片他還能理解——雖然薔蜜是知性派美女，但喜歡的異性是四十歲以上的大叔——問題是那個「旅行團撞鬼事蹟一百則」……

「靠夭啦，妳是多希望我們撞上那些東西嗎？」川芎壓低聲音，咬牙切齒地罵道。

「我只是預先做個參考。」薔蜜拿回自己的平板，冷靜說道：「而且川芎同學，硬要說，我們早就看見了吧。」

川芎一愣，接著恍然大悟——朝顏就是一名貨眞價實的幽靈。

「就算這樣，妳也犯不著看那些東西吧？我們參加的是『清涼一嚇，兩天一夜試膽之旅』沒錯，但別跟我說那個節目眞的想弄來一堆鬼嚇我們。」

「川芎。」薔蜜憐憫地對他搖搖頭，「要是鬼這麼好找，那些靈異節目就不用每次都那麼傷腦筋了。噢，不過在你身邊的確挺容易見到的。」

「靠，不要把人說得像是蟑螂屋。」川芎瞪她一眼，將手中的牛奶糖扔過去。

薔蜜本想接住，她知道川芎還特地挑了她喜歡的口味，可才剛伸出手，有什麼快一步地攔下那顆糖。

是一縷灰霧。

灰色霧氣從薔蜜的心口處鑽出來，它的形狀像是小魚，背上還有尖尖的三角形背鰭。

糖果被小魚尾巴捲住。

「於沙，把糖還我。」薔蜜毫不訝異自己體內跑出了灰色小魚，她微揚眉毛，用指尖輕彈小魚的頭。

灰色小魚像是被惹怒，作勢張嘴欲咬，最後卻是一回身，讓自己身體擦過薔蜜的手指。

下一秒，屬於男人的狂傲聲音平空出現。

「喂喂，誰知道這糖能不能吃？張薔蜜，老子可是在幫妳過濾。」

「過濾個屁！」川芎凶惡罵道，對那隻平空出現、還會說話的魚，同樣不感到訝異，「你這隻鯊魚該過濾的是你的腦袋吧？」

「啊啊？你這個人類在說什麼？」狂傲男聲驟然拔高，同時間，灰色小魚形體散逸。

「慢著，於沙……」薔蜜立刻知道對方的意圖，只是她的阻止還來不及說完，灰霧已重新塑出高大身影。

然後「咚」的一聲，黑髮獨眼的男人撞上了車頂，疼得他抱頭蹲下。

「我只是想告訴你，車內空間沒辦法讓你站直。」薔蜜慢條斯理地把話說完。

「啊，是鯊魚叔叔！」莓花驚奇地探出臉，她想了想，將握住的小拳頭張開，往男人方向伸去。

白嫩的掌心上，是一顆糖果。

「嗤，只不過是區區的人類小鬼，妳以為我會收妳的東西嗎？」男人瞇起僅剩的一隻碧眸，語氣傲慢地說。只不過他話聲剛落，就聽見身後不輕不重地響起一聲鞋子踩地的音響。

於沙反射性回頭，瞧見薔蜜似笑非笑地望著自己，鏡片後的美眸徹底冷酷，大有「你敢害小莓花傷心，我們就走著瞧」的警告意味。

獨眼男人嘖了一聲，轉頭接過莓花遞出的糖果，「算了，勉強收一下也不是不可以……喂，一顆太少，再多給老子一顆。」

川芎差點想一腳踢向那得寸進尺的獨眼男人。

但莓花完全不以爲意，反倒很開心對方願意多拿自己的糖果。

男人將一顆糖吃掉，一顆強塞到薔蜜手中。至於川芎給的那顆，早被他丟回給川芎本人。

薔蜜沒想到多拿的那一顆是要給自己。

「張薔蜜，妳幹嘛不吃？」暫時蹲踞在走道上的男人不耐煩催促，直到看見薔蜜吃下，狂傲的面孔上才浮現了得意又欣喜的笑意。

男人的名字是於沙。就如莓花所稱呼的，他的本體是鯊魚，爲來自大海的水族，同時也是東海龍王太子的部下。

前段時間，龍王太子爲了奪取藍采和的力量與法寶，和八仙們展開了爭戰，最後落敗遭到封印。

而於沙卻在爭戰期間對薔蜜一見鍾情，爲了保護她免於龍王太子的傷害，自己反倒遭受重創，幾乎神形俱滅，幸借助八仙之力才重新凝回意識。

如今意識和記憶皆已恢復完好，但軀殼仍在重塑，化成人形只是暫時的。因此現在的於沙，依舊寄附在薔蜜體內。

曣下差不多融化的糖果，薔蜜注意到於沙的身體變得更透明，甚至逐漸失去了輪廓。

「你先回來吧，你的身體可還在修復中。」她說道：「還有，別常變成人在我身邊晃來晃去，尤其是晚上睡覺的時候。我交代過的，你應該沒忘吧？」

「廢話，老子是記性這麼差的人嗎？」於沙冷哼，身形再次化爲灰色霧氣，先是在薔蜜身邊轉繞一圈，接著才回到她體內。

「妳是跟他交代什麼？」川芎好奇地問。

「沒什麼特別的。」薔蜜推了下鏡架，輕描淡寫地說，「我只是告訴他，要是在我睡覺時以人形模樣出現，那麼我會讓他的下半身除了上廁所之外，再也沒其他功能。」

碰巧聽見這段話的方奎、韓湘與藍采和，不禁齊齊打了個哆嗦。

「……算妳狠。」川芎開始有點同情於沙了。明眼人都看得出來他的心思全繫在薔蜜身上，然而薔蜜究竟怎麼想，恐怕只有她自己知道。

忽然間，川芎發覺小巴士在路邊停了下來。

「嘿，阿林、張小姐。」前座的呂洞賓探過半個身子，手裡抓著一張地圖，「你們知道接下來該怎麼走嗎？」

「啊？」川芎還是第一次遇上司機問乘客路線，「呂洞賓，你該不會要跟我們說，你開到迷路了？」

「不是、不是。」呂洞賓放低聲音，撓撓頭髮，「我是照著路線開的，不過前面現在是個三岔路口，地圖上沒標出來……對了，凝陽他睡著了，我們聲音別太大，他昨晚被我拖去跟土地神打通宵麻將。」

那你精神未免也太好了吧？川芎吞下吐槽。

「呂先生，你之前沒來勘查路線嗎？」薔蜜訝然地問，依言放輕了音量。

「上面的人說要讓所有人保持驚喜感，所以司機也不能先去。不過他們說過路很好找的，不用擔心找不到。」呂洞賓傷腦筋地嘆氣，「只要到達森林，住的屋子很容易便能看見。可是，他們沒說會碰上三岔路哪。」

川芎接過地圖一看，問道：「我們現在在哪？」

「左邊，有一條叫林野路的路上。」呂洞賓回答，「照理說，繼續開下去就會到森林了。」

川芎皺眉，往車窗外望出去，果然看見前端的路分出三條支線。但問題是——地圖上的林野路，可沒標示有岔路。

左、中、右，確實讓人爲難。

「呂先生，前面好像有人？」薔蜜眼尖地發現路邊樹蔭下似乎有人影，「或許我們可以問問看？」

聞言，呂洞賓轉過頭，接著亮了雙眼，「眞的有人，是小孩子！張小姐，等等麻煩妳幫忙問路一下，我問的話怕會吵到凝陽。」

停下的小巴士再度駛上道路，呂洞賓車速特意放得很慢。

越往前，樹下人影的模樣也越清晰。

確實是個小男孩，他似乎很專心地在樹蔭下走著，渾然沒發覺後方有輛小巴士靠近。

直到薔蜜降下車窗，向他輕喊道：「小弟弟，可以跟你問個路嗎？」

小男孩明顯嚇了一大跳，看起來像是想拔腿就跑。

薔蜜連忙又問：「我們只是想問路，你知道哪條路通往森林嗎？」

小男孩停下腳步，小臉仍帶著些警戒，不過一會兒後，他靜靜地舉起手，指向右邊岔口。

得到指示的呂洞賓精神一振，他朝小男孩揮下手表示謝意，接著將車開往了右方岔路。

若這時李凝陽醒著，他一定會阻止呂洞賓的決定。

天生擁有異常之眼的他，不論是否恢復真身，都能視破一切虛假。

但此刻的他正雙手環胸、頭倚著車門，陷入沉睡。

所以與小男孩拉開距離的呂洞賓幾人，並不會知道在小巴士後方的路上，小男孩仍維持著指向右邊岔路的姿勢，但從指尖開始，本來呈現健康色澤的皮膚消失得一乾二淨，成了乾枯白骨。

很快地，站在路邊的已是一具包裹著衣物的森森骷髏。

風一吹過，所有骨頭劈里啪啦地散了架，垮在路面上，轉眼被樹蔭吞去，只留一縷黑氣沖天竄起，在空中形成蝙蝠的模樣。

蝙蝠咧開嘴，發出的不是吱吱的叫聲，而是——

「有新客人上門了！有新客人上門了！可以通知老莫，大夥有新客人可以玩了！」

肆

在呂洞賓等人還有半個小時才會抵達的森林深處，矗立著一幢佔地不小的歐風建築。建築物的飯廳內，此刻有兩名人影對坐在餐桌前，不時傳出用餐聲響。

明明是午後時分，但飯廳四周窗戶全被拉上厚重且不透光的紅窗簾。雖然掛在天花板下的吊燈亮著光，可那些燈泡就像接觸不良，不時閃滅，有時一滅就是一段時間。

坐在餐桌前的兩人卻像毫無所覺，依舊靜靜地享受他們的餐點。

桌上擺滿許多碗盤，在乍閃乍滅的燈光照耀下，碗盤內的食物隱約泛著鮮紅色澤。

事實上，這兩名貌似男女主人者的手邊，擺放的透明高腳杯裡也盛著鮮紅液體。

男人和女人仍默不作聲地用餐。

突然，某個圓形物體從另一端滾過來，滾呀滾的，一路滾到桌腳邊。

燈光一閃，照耀到圓形物體，竟是照出有如風乾橘子皮的面孔，赫然是一顆老人的頭顱！

老人頭顱忽然張大嘴，發出尖銳刺耳的大叫。

同時，飯廳門口隱隱生成人形，手腳細瘦，看外貌是名孩童。只不過孩子的雙腳卻是離地的，頭卡在門框上，瘦小的身體就這麼在空中盪呀盪。

安靜詭異的男女，尖叫的老人頭顱，還有吊在門下的孩子，活脫脫鬼片才有的場景。

不論被誰撞見，只怕都會造成無數恐懼的悲鳴。

倏然間，一聲猛烈的破碎聲響傳進飯廳，聽起來彷彿有什麼撞破了玻璃飛進來。

坐在餐桌前的男女震了一下，停下用餐的動作。

緊接著，眞的有什麼飛進飯廳裡。

原來是隻黑色蝙蝠。

「有新客人上門了！聽我說，有新客人上門了！而且這次還是一大群！難得有這麼多的……」發現自己的聲音淹沒在老人的尖叫中，蝙蝠憤怒了，牠飛到空中，氣急敗壞地扯開嗓子，用盡力氣地發出更大的大叫。

「老莫你給我閉嘴！不要再用你那難聽得要命的聲音唱歌！還有快停下這閃得討厭的燈光！莫先生、莫太太，我說過別用這方式當你們的燭光晚餐了！最後，小莫妳給我下來，那裡不是讓妳盪鞦韆的！」

一瞬間，飯廳裡燈光不閃了，恢復正常照明後，照亮了一桌食物——番茄沙拉、番茄炒蛋、番茄湯、現切番茄，裝著鮮紅液體的高腳杯旁還放著一瓶畫有番茄圖案的易開罐。

老人頭顱也不尖叫了，尷尬地笑道，「哎呀，我還以爲我的歌喉有進步呢。」

掛在門下的小女孩跳下來，興奮地跑向蝙蝠，用力一把抱住牠。

「莫莫、莫莫，你回來了！我是無聊才盪鞦韆嘛！」小女孩用自己可愛卻蒼白的臉蛋蹭著蝙蝠，末了還噘起嘴巴，親了牠一大口。

蝙蝠像是嚇了一大跳，掙出小女孩的懷抱，小小的身體剎那間變成小男孩的模樣。

「誰准妳親我了？」莫莫漲紅一張臉，「我不是說等妳長大才可以親嘴巴嗎？不過這次就算了……下次妳絕對不可以再這麼做，聽見沒有，小莫！」

「欸？可是莫莫你上次、上上次，還有之前很多次都這麼說耶……」小莫困惑地刮刮臉頰，但似乎直覺這話說出來，面前的小男孩會惱羞成怒，所以她只小小聲地說。

「哈哈，莫莫你就別太計較了，女性熱情是好事呢。」莫先生笑咪咪地站起來，走近坐在對面的莫太太，後者伸手摟住他的脖子，拉下他，在他臉上甜蜜地親了一口，「你看，像我太太這樣不是很好嗎？」

「閉嘴，你們這對放閃夫妻。還有莫先生，你太太把你的眼珠給親下來了。」莫莫冷淡地說道，轉向小莫時，語氣稍微放軟，他拍拍對方的頭，「讓開點，老莫的身體要過來了。」

小莫連忙乖乖退到一邊，讓一具無頭身體搖搖晃晃地走進飯廳。

裝好自己的腦袋，老莫轉轉脖子。

確定頭不會掉下來後，這名老者一拍雙手，「好了、好了，我們大家來聽聽莫莫帶回來的消息吧。莫先生、莫太太，你們再親熱下去，老頭子的眼睛都要瞎了。」

從老莫口中的稱呼，可以發現他與莫先生、莫太太並沒有血緣關係。

實際上，屋裡這群人並非親戚，只是剛巧都姓莫，又正好待在這座森林中，因緣際會聚在一起的——鬼。

莫先生和莫太太因車禍而亡，他們生前甜蜜，死後也一樣甜蜜，只是親熱時常不小心弄掉不堅固的身體某一處。

老莫是這棟屋子的主人，生前獨居，一次意外不小心摔下樓梯，折斷脖子，成了現在能夠輕易拿下腦袋的模樣。他因爲不捨離開這棟屋子，又想重溫生前的日子，便托夢給子孫，要他們別停掉這裡的水電，每年祭拜還要準備他最愛的蕃茄食品。

老莫平時最愛練歌喉，但卻是音痴，唱歌如同慘叫，還是瀕死的那種。

至於小莫，或許是年紀小，記不得自己是怎麼死的，有天突然出現在屋子裡，與大夥一塊生活。

最不一樣的當屬莫莫。他雖是鬼，卻不是人死後變成的鬼。

他是隻死去的小蝙蝠妖，身上擁有的妖力讓他比一般鬼高明些，可以製造幻象，誘使不知情的人類前往這幢屋子。

一來，讓他們當作休閒地嚇一嚇；二來，能讓他們稍稍吸收一點人類的精氣。不會致死，只是會讓人類頭暈，懷疑自己是不是感冒了。

對這些鬼來說，他們從來沒想過要傷害人，但惡作劇一下總是無傷大雅吧。

「莫莫，你剛說有一大群人？是很多很多的意思嗎？」小莫眨巴著眼睛問，「有跟我差不多年紀的嗎？」

「好像有。」莫莫回想了下，覺得自己似乎有瞄見小女孩的身影，「如果眞的有，我讓她陪妳玩。你們幾個，不准嚇小莫的玩伴！」

「哎呀哎呀，老頭子我也捨不得嚇小女娃。」老莫摸摸下巴，「總之，想辦法把他們困到明天再放人吧。要不然他們今天離開這，說不定會碰上那個可怕的傢伙。」

一聽見「可怕的傢伙」五個字，小莫率先白了臉，反射性抓住莫莫的手。

即使是莫先生他們，臉色也變得不好看。

很快地，莫太太開口了，她的聲音與外表一樣，都給人溫和的感覺，「老莫說的沒錯。只要讓那些人待在屋裡，加上這片林子有霧保護著，那個可怕的傢伙不會輕易靠近的。這麼多年來，我們和林子裡的其他人不都安然無事嗎？」

「就像我親愛的說的一樣。」莫先生點點頭，「現在先讓我們把心思……噢，你們有聽到什麼聲音嗎？」

所有人靜下來仔細聆聽。

他們馬上認出那是引擎的聲音。

是車子靠近這裡的聲音！

「天啊，他們已經來了！」莫先生興奮地大叫一聲，將原先的憂慮拋到腦後，急忙下達指令，「快快快！讓我們準備好，要來迎接我們的客人了！老莫，千萬別讓你的腦袋再掉下來，也千萬別唱歌。你可以半夜唱，會特別有氣氛的！小莫則是別把門或某處當鞦韆。莫莫，你剛碰見過他們，還是先變回蝙蝠，免得他們心生懷疑。嘿，親愛的，妳覺得我看起來怎樣？」

「太完美了，親愛的，你看起來就是個體面的好主人。」莫太太稱讚道。

莫先生滿意地點點頭，他一彈手指，那些閉攏起來的紅布窗簾瞬間自動拉開，餐桌上的料理也收拾得一乾二淨。

車子的引擎聲越來越清晰。

當一聲表示招呼的喇叭聲響起，四隻鬼與一隻蝙蝠已站在大門前，準備迎接今天的客人。

莫先生伸手拉開大門，臉上堆著最親切的笑，「各位客人，歡迎來到我們三途民宿……！」

莫先生的笑容忽然僵住，因爲他發現那些從小巴士下車的人們，正用錯愕的視線看著他們這方向。

「親愛的。」莫先生緊張了，他小聲地與莫太太咬耳朵，「我的腸子有跑出來嗎？還是我的眼睛又掉下來了？」

「不，我想都不是。」莫太太困擾地說，「親愛的，我想我們大家忘記一件重要的事了。」

四隻鬼和一隻蝙蝠沉默了，下一秒，他們恍然大悟地在心裡大叫。

完了！忘記改變屋子外觀了！

從小巴士走下來的呂洞賓一行人，吃驚地看著矗立在眼前的歐式建築物。

尖尖的屋頂，細長的拱形窗戶，其中幾扇窗前還有半圓形狀的小窗台，牆壁與屋簷爬有綠色植物。此刻已被人打開的對開式大門布滿精美雕花，門前有著階梯。

乍看之下，這幢佔地不小的建築物，就像是在童話書裡面出現的美麗房子。

是的，乍看之下。

「哇！」

「喔嗚！」

以藍采和爲首的仙人年少組，發出了代表各自感想的單音詞。

「不是吧？我們要住這裡？」余曉愁揚高眉，瞪圓眼睛。

「這地方看起來超棒的耶！曉愁，我體內的靈魂要燃燒起來了！」方奎興奮無比地拿出手機直拍。

「這還眞是獨特的風格呢，對吧，阿權、季季。」

「確實如主任所說。」鍾離權含笑點頭。

「那個，東海……只有我覺得這裡看起來很像……」朝顏欲言又止。

「葛格，那裡有像人臉的圖案耶！」莓花拉著兄長的手，像發現新奇事物，驚奇地大喊。

「還有蜘蛛網。」張果言簡意賅地發表意見。

兩名孩童說的，川芎統統有看見。他抹了一把臉，瞥向身邊正拿手機拍照的青梅竹馬，

「張薔蜜，這裡眞的是我們今天要住的地方？」

「我建議你可以問問我們的司機。另外，你擋到我取景了。」薔蜜平靜地朝他揮揮手，示意他讓開。

川芎聞言，改看向載著大夥來到此地的呂洞賓，令他不安的是，綁著馬尾的男人居然也一臉目瞪口呆地望著前方活像是鬼片場景會出現的屋子。

沒錯，簡直與鬼屋沒兩樣的屋子。

尖尖的屋頂鑽冒出雜草，細長的拱形窗戶結有大片蜘蛛網，小窗台裡只有枯死的植物。牆壁和屋簷遭藤蔓佔領大半，沒被覆蓋的部分不是外牆剝落，就是有污漬凝成疑似人臉的恐怖圖案。

雖說目前是午後時分，但在日光照射下，這棟屋子非但沒有給人耀眼的感覺，反倒徒添陰森。加上進了林子裡就一直有淡淡薄霧瀰漫四周，莫名使這裡多了一絲詭異。

川芎知道他們參加的是試膽之旅，但主辦單位該不會眞的把他們送進鬼屋裡住吧？所以才連司機也要事先保密？

三途民宿……普通民宿會取這種不吉利的名字嗎？

「喂，呂洞賓，你確定是這裡嗎？」川芎輕推了下看呆的司機，「那些是民宿的人吧？爲什麼連他們也一臉呆滯？」

「其實我也……不，我是說我去問問好了。」呂洞賓將本來要說的「其實我也不知道」吞了回去，以免換來鄙夷的眼神，他可不想讓何瓊這麼看自己。

他推推仍在車裡閉目沉睡的李凝陽，待他醒來後又說道：「凝陽，你看看這附近有沒有什麼問題。」

也不管睡醒的人有沒有聽進去，呂洞賓扯下手套，揚起親切瀟灑的笑容，大步往站在門口的一夥人走去。

男人、女人、小孩、老人，還有一隻可能是寵物的小蝙蝠……呂洞賓在心裡判定這是一家人一起經營的民宿。

不過，民宿外觀也太有性格了，不知道是不是主辦單位特意安排。

「妳好，美麗的小姐。」呂洞賓在居中的長髮女性面前站定，他摘下遮陽用的眼鏡，有禮且風度翩翩地問，「我們是參加『清涼一嚇，兩天一夜試膽之旅』的旅行團，請問我們的主辦單位有跟你們聯絡過嗎？」

「咦？你說清涼什麼的……」莫太太從來沒被這麼英俊的年輕人親切對待，不禁受寵若驚，直到她耳邊傳來一聲不是滋味的咳嗽聲，她連忙回過頭，在不悅的莫先生臉上親了一口，「親愛的，你別在意。你知道的，我最愛的一直都是你。」

呂洞賓可沒想到眼前這對夫妻會如此直接地互表愛意，閃光程度比他們團裡的小情侶還強大。他一時不知視線該擺哪裡，接著他發現被小女孩抱著的小蝙蝠竟像人類般翻了白眼，他感到有趣地蹲下來，不忘也向小女孩綻露笑容。

變回蝙蝠的莫莫瞧見呂洞賓蹲下，以為被視破了什麼，有些緊張。可是很快地，他注意到小莫竟因對方的笑容紅了臉，瞬間氣從中來，立刻不客氣地咬上呂洞賓伸出的手指。

川芎等人頓見呂洞賓哀叫一聲跳起，食指尖還被一隻蝙蝠咬著。

「那隻蝙蝠一定是公的。」從車上下來的李凝陽懶洋洋地推了下墨鏡。

「你的眼睛也太神了吧？」川芎咂舌，「連性別都看得出來嗎？」

「當然不是。我要做得到，連我都想佩服我自己了，林先生。」李凝陽說道：「洞賓擁有一種能招惹同性生物討厭的天賦，你也可以歸咎於誰讓他總是不自覺引起別人老公、男友、愛慕者的怨恨。」

對此，其餘仙人不約而同地點頭表示同意。

變成蝙蝠的莫莫仍緊咬呂洞賓手指不放。

還是老莫看不下去，急忙想阻止，沒想到這時又有一人靠近。

來者身穿黑西裝，戴著太陽眼鏡，手裡還拄著一根手杖，一身「我非善類」的氣勢，即使老莫他們是鬼，也不禁嚇了一跳。

「洞賓，你的人緣眞是越來越差，連蝙蝠也討厭你。」李凝陽似笑非笑地開口，墨鏡後的眼瞳銳利地掃過面前四人。

這四人給他不對勁的感覺，可他的雙眼卻看不出端倪。

李凝陽不著痕跡地皺下眉。先不管這棟屋子的外表活像鬼屋，那些圍繞在四周的淡淡霧氣也令他心生怪異。

可奇異的是，他確實沒看見什麼非人的存在。

「說那什麼話，我明明大受天……咳，我明明大受家鄉女性的歡迎，怎麼知道這隻蝙蝠……凝陽，別只顧著看啦。」呂洞賓可憐兮兮地哀號，卻又不敢用力扯開蝙蝠或甩動手指，那可是人家小女生的寵物。

「這麼說也是。這隻蝙蝠，似乎有點不太尋常？」李凝陽慵懶地拉高尾音，狀似無意地想伸手探向蝙蝠。

莫莫直覺感到危險，迅速鬆開嘴，回到小莫的臂彎裡。

李凝陽伸手拉起呂洞賓。

「哎呀，不好意思，讓你們看笑話了。」呂洞賓拉拉衣襟，一點也不在意食指還在發疼，他露出爽朗的笑，「我想跟你們確認一下，我們的旅行團今天是入住你們這邊嗎？」

「啊，是是是！就是我們三途民宿沒錯！」莫先生趕緊回答，即使他全然不知那個「清涼一嚇，兩天一夜試膽之旅」是什麼玩意，但很顯然，他們誤打誤撞趕上一個大好機會了，「房間我們已經準備好，我是這裡的主人，你們喊我莫先生就行。這位是我太太，那位是我父親，還有這是我女兒，那隻蝙蝠是她的寵物，牠……呃，對陌生人有點凶。」

莫先生頓了頓，想著還要再說些什麼，才能讓眼前的人類更加信任地住下來，然後他發現到那輛停在不遠處的小巴士上印著一行字。

——驚奇！你所不知道的超自然世界！

莫先生霎時豁然開朗，他雖是鬼，可不管生前死後都有收看這個節目，說是忠實觀眾也不爲過。他甚至立即想起來，前陣子的確看過節目宣傳即將要舉辦一個獨特的旅遊活動。

「你們是參加『驚奇！你所不知道的超自然世界』舉辦的旅行對吧？他們剛剛還打電話跟我確認過相關。」莫先生笑咪咪地說，努力不讓自己的嘴笑得太裂，要是裂到耳際就不好了，「大家先進來吧，我帶你們到房間放行李。啊，放心好了，我們民宿的外觀是配合貴單位，才特意弄成這樣，裡面絕對乾乾淨淨，讓人賓至如歸！」

「呼，那就麻煩你們了。」呂洞賓鬆口氣，「幸好我沒開錯……不不，沒什麼，我這就叫我們團員拿好行李。凝陽，快過來幫你好麻吉的忙吧！嘿，別用手杖戳我！」

目送兩名人類男性返回小巴士旁，莫先生趁機迅速向莫太太、老莫、小莫、莫莫解釋。

莫太太幾人立即露出恍然大悟的表情，接著他們就像莫先生一樣，極力忍住臉上笑容。

清涼一嚇，兩天一夜試膽之旅？

噢，還有誰比他們這些鬼更適合試試他人的膽量，對吧？

伍

川芎覺得他們住進的這間三途民宿似乎有哪不對勁，但他沒辦法明確地說是什麼。只是那令人在意的感覺，即使被招待了豐盛的晚餐——不知道爲什麼，番茄料理好像多了些——也依然沒有消失分毫。

或者說，反而更加強烈了？

「哥哥，怎麼了嗎？你有哪裡不舒服嗎？還是想上廁所？想洗澡？」藍采和停下幫莓花綁頭髮的動作，關切地望著自從晚餐結束、回到房間裡，就一直在房內繞著圈走的川芎。

不得不說，川芎焦躁又板著臉的模樣，彷彿被踩到尾巴的貓。

「啊，難道哥哥你晚餐沒吃飽？」藍采和恍然大悟地低叫一聲。

「閉嘴，我不餓、不想上廁所，現在也還沒打算洗澡，更沒有哪裡不舒服！」面對藍采和的提問，川芎只凶惡地扔給她幾記眼刀，踩著圈子的腳步未停，對於藍采和與自己妹妹靠得這麼近的事，似乎渾然未覺？

當然不可能渾然未覺！只是他認爲既然藍采和現在是女的，那麼親近一些的接觸也就不用太大驚小怪地阻止。不過一起洗澡什麼的，除非踩過他的屍體，否則想都別想！

不，就算踩過了也不行！

藍采和與莓花困惑地對望一眼，不管是年紀已不可考的前者，或只有七歲的後者，都能清楚看出川芎正爲什麼事煩心。

「葛格，晚餐你不喜歡嗎？」最後，莓花也忍不住問了。

一聽是自己的寶貝妹妹開口，川芎停下腳步，隨手拉了張椅子坐下，有些傷腦袋地耙耙頭髮，「不，晚餐很好吃，雖然番茄料理有點多，我都懷疑煮菜的人是番茄控了。」

藍采和心有戚戚焉地點點頭，他不討厭番茄，但桌上紅通通一片眞有點嚇人。他轉過頭，看了已在床鋪角落睡下的張果。他這位同伴顯然很不喜歡那片紅通通的晚餐，只吃了一點就自顧自地先回房。

「重點不是晚餐。」川芎的聲音拉回藍采和的注意力，林家長男皺著眉頭，雙手抱胸，「是這棟民宿。」

「民宿？這間三途民宿怎麼了嗎？唔，它的名字是特殊了些。」藍采和思索道。

三途，三途河，傳說死者必須橫越的河，照理說，一般民宿不會取這種不吉利的名字。

「也不是指名字，它就算叫流浪者基地我也……不，還是別叫好了。」川芎搖搖頭，「藍采和，你難道不覺得民宿好像有哪裡不對勁嗎？」

「哎？沒有呢。」藍采和納悶地說。她現在是眞身姿態，確實沒有看出哪裡不對勁。不過見川芎很嚴肅地問自己，她想了想，提出一個能讓對方放心的保證，「哥哥，如果眞的有什麼奇怪的地方，凝陽一定能看出來的。他什麼都沒說，不就代表這裡什麼事也沒有嗎？」

川芎沉默。

確實，正如藍采和所說，假使連能看透常人無法看透之物的李凝陽都沒特別開口，恐怕一切只是他庸人自擾。

以爲川芎不再糾結這個問題了，藍采和笑了笑，與莓花交換位置，讓她研究自己一頭長長髮絲。

「小藍葛格，我可以綁辮子嗎？」莓花興奮地問，大眼睛閃閃發光。

即使沒回頭，藍采和也能想像出那張小臉上的表情，她柔美的面孔也布上笑意。

「當然可以，莓花想怎麼綁都可以唷。」她笑盈盈地說。

莓花開心地歡呼一聲，立志要幫小藍葛格綁出最漂亮的髮型！

川芎仍抱胸坐在椅上認眞思考，突然間，他站了起來。

「啊，煩死了！」川芎咂下舌，決定與其繼續在這裡糾結，還不如親自到房外走走看看，眞有什麼不對勁，也要眼見爲憑，「藍采和，看好我家莓花，我去外面走一走。」

剛走向房門幾步，川芎又停下來，帶點期待地回過頭，「還是莓花要和哥哥一起去？」

「不行，莓花要幫小藍葛格綁頭髮。」莓花義正辭嚴地搖搖頭，「葛格那麼大，不會迷路了，一個人走也可以。唔，眞的迷路的話，只要喊莓花，莓花會立刻去救葛格的！」

「我也會的唷。」藍采和自告奮勇地舉手。

「你就免了。」川芎先白了藍采和一眼，再給莓花一個笑容。

不管藍采和哀怨地垮下臉，他擺擺手，離開房間。

川芎不知道的是，沒過一會兒，那名蜷在床鋪角落、以爲睡死的小男孩也倏然睁開眼，爬了起來。

「果果，你醒了？」藍采和看著仙人同伴跳下床，穿上鞋子，「你也要出去玩嗎？」

張果沒有搭理，自顧自地走出去。

三途民宿總共有四層樓加一間小閣樓。

川芎他們房間被安排在四樓，其餘人不是在不同樓層，就是與他們房間隔了一大段距離。

這種安排，川芎還是第一次見到。

照理來說，不是應該入住相鄰房間嗎？不過既然民宿這麼安排了，倒也沒人提出意見。

四樓走廊沒瞧見任何人，三樓、二樓也一樣。但走向一樓時，川芎聽見了說話聲。

當他走下樓梯，登時在客廳裡看見三抹熟悉的身影。

原來坐在客廳聊天的是呂洞賓、李凝陽和鍾離權，桌上還擺著飲料和一盤點心。

「唷，阿林，只有你一個人下來嗎？」呂洞賓一看見川芎，立即笑嘻嘻地打招呼。

「只有我一個，藍采和、張果和我家莓花，都待在房裡。」川芎向另外兩名仙人點頭當作招呼，他在一張沙發坐下，「只有你們三個？」

「小瓊跑去找那隻蝙蝠了。」呂洞賓很樂意解釋心上人的行蹤，「你也知道，她特別喜歡小動物。」

「尤其還是通人性的小動物。光看那隻蝙蝠知道要咬你，以防你靠近牠的主人，就能看出牠多麼聰明了，洞賓。」李凝陽漫不經心地說道，只是一開口，那些句子彷彿利箭射向了呂洞賓身上。

呂洞賓哀嘆，「太過分了，我怎麼會結交這麼沒良心的壞朋友？」

「沒良心還會替你代打領隊？」李凝陽將墨鏡移下一半，瞳孔豎長的眼睨視了好友一記，「我明白了，洞賓，原來你這是拐著彎要我以後都用不著出手。你這般體貼朋友，我真感動。」

「什……等一下！沒這回事，絕對沒這回事的！」呂洞賓這下子慌張了起來。

「別在意他們，川芎，你也喝點什麼吧？」鍾離權微笑著要川芎將自己的同伴們當背景即可，他將一瓶未開封的飲料推向川芎，又指指桌上的點心，那是一盤看起來像是星星的可愛糖果，「糖果也請別客氣。放心好了，是符合一般人的甜度。」

川芎半信半疑地盯著那張溫和笑臉，又想起下樓時確實看見呂洞賓他們在吃糖，這表示這些星星糖不是什麼可以甜得殺死人的危險武器。他小心翼翼抓了一顆放進嘴裡，滲開的適當甜味令他放下心。

「其實這些糖是洞賓準備的。」鍾離權自己也抓了一小把，他笑著說，「我們是剛剛才來這裡坐的，沒看見其他人下來。我猜大家可能在洗澡或是休息，或許待會兒就會陸續出現。」

「那老闆他們呢？我是說莫先生他們一家子。」川芎轉頭看看廚房，裡面開著燈，卻沒任何人，「我下樓時沒瞧見他們。」

「同樣沒瞧見。」呂洞賓聳聳肩膀，「也許在房裡，也許出門，也許在準備什麼活動。」

「活動？」川芎狐疑。

「阿林，你忘了嗎？我們參加的是試膽之旅唷。」呂洞賓笑出一口白牙，「說不定他們會弄個夜遊，這附近的環境倒很適合哪。」

川芎想到屋外的森林和即使入夜也沒消失的薄霧，這兩個要素確實很適合舉行夜遊活動。

一邊想著，川芎一邊又抓了一把星星糖，隨即他注意到樓梯傳來腳步聲。

鍾離權他們也望向樓梯，沒想到下來的是五官俊秀的小男孩。

「張果？你不是在睡覺？」川芎挑高眉毛。

「醒了。」張果簡潔地回以兩個字。

川芎沒多問，只是向他招招手，再分給他一些星星糖。

由於張果的乙殼是幼童外表，使得川芎老是忘記對方的眞正年齡可是大他好幾百倍。

張果拿著那顆像是星星的糖果，漠然的黑澈鳳眼注視了一會兒，然後將糖果放進嘴裡。

張果咬碎星星糖，給出了評語，「難吃。」

「難吃就別再向我伸手。」川芎給了張果一枚大大的白眼，但還是拿了一些糖放進那隻小手裡。

呂洞賓有些後悔自己沒將手機或相機帶在身邊，眼前像隻小動物安靜吃糖的同伴，絕對罕見到值得拍下來。

「你要是眞拍了，我敢說你的手機或相機馬上會被分屍，洞賓。」李凝陽一眼看穿好友內心想法，他懶洋洋地說，「至於你會不會被人分屍，嗯，這我倒是說不準了。」

「嘿，別說那麼驚悚的事。」呂洞賓打個哆嗦，心裡的念頭消失得一乾二淨。

畢竟張果只是乙殼外表無害，眞正的他離「無害」兩字可是差了不只十萬八千里之遠。

呂洞賓想起藍采和曾因爲吵到他，差點被扔下雲海的事。

正回憶過去的他沒留意到川芎在喊他，直到他的小腿被李凝陽用手杖敲了一記。

「痛！凝陽你沒事幹嘛……」

「人家林先生在叫你。」李凝陽手杖末端指向川芎，「洞賓，你的耳朵也拋棄你離家出走了嗎？」

「我耳朵可是好好的。」呂洞賓早就對李凝陽的諷刺習以爲常，他看向旁側的川芎，「不好意思，剛沒聽到。阿林，你是要問我什麼嗎？」

「我只是想問你這些糖去哪買的。」川芎指著桌上的點心，「比我買的不甜，這樣味道反而更好，我也想去買點回來給我家莓花。」

「你說這個嗎？這不是我買的，你可能要去問阿湘呢。」呂洞賓搖搖手。

「韓湘？」川芎訝然，沒想到居然會和韓湘扯上關係。

食物……韓湘……川芎嚥下口水，忽然有種不祥的預感。

「冰箱是共用的嘛。」渾然沒發覺川芎神情微僵，呂洞賓笑容滿面地指指廚房，「我在裡面找到一盒貼著阿湘寫了紙條的糖果，就是我們吃的這個。紙條上是說什麼兔子饅頭不能吃，不過盒子裡裝的是星星糖，所以我就直接……呃，怎麼了嗎？」

呂洞賓終於後知後覺地發現同伴們的表情不太對勁，而川芎更是掉了手中抓的星星糖，一張臉變得鐵青。

「怎麼了嗎？我真訝異你還問得出這話，洞賓。」李凝陽摘下墨鏡，雙眸危險瞇起，「我現在總算知道你不只耳朵離家出走，連大腦也和耳朵跑了。」

「這次我恐怕得贊同凝陽的話。」鍾離權無力地揉著眉心，「洞賓，我沒想到你竟然……」

「等、等一下！阿湘指的是兔子饅頭吧？我拿的明明是星星糖呀！」遭到兩名同伴圍攻的呂洞賓冤枉地大叫。

「這些星星糖他媽的就是那些兔子饅頭變的！」川芎氣急敗壞地大吼道：「韓湘這次弄出來的鬼玩意會自己改變形狀，它們最開始是銅鑼燒冰淇淋！」

「玉帝在上，不是吧……」呂洞賓呆住。

「張果，你全吃下去了嗎？」川芎急忙要張果張開嘴巴。這小鬼吃得晚，或許還有機會補救。

然而張果嘴裡早就什麼也沒留下，他把川芎給的糖果全吞下肚了。

川芎跌進沙發，冷汗直冒。他還記得韓湘這回弄出的是什麼藥，性別轉換。靠杯靠杯，連他也要被變成女的嗎？

「韓湘！」川芎跳起來，想要用最快速度衝上樓找始作俑者，但倒地聲攔下了他的腳步。

林家長男慢慢回頭，最先看見的是昏迷在地板上的張果，然後是倒在沙發上的呂洞賓、李凝陽和鍾離權。

四名仙人失去意識，只有他一個人類還好好地站著。

正當川芎猛然意識到或許這藥對人類沒效，四名仙人的身上忽然浮現銀光，緊接著，銀光包圍住他們的身體。

被銀光覆蓋的身影逐漸地改變形態。

川芎呆若木雞，他看見銀光散去，看見四名仙人統統由男變女。

白色長鬈髮的冷艷女子，即使雙眼未睜，但一身冷然氣質依舊未減；綁著長馬尾的綠髮女子，外貌搶眼亮麗，五官還帶了點俏皮味；一頭赤髮的女子，閉起的左眼下有條小疤橫過，臉孔英氣煥發，眉眼處還盤著一絲傲慢。

除此之外，還有一名戴著單邊鏡片的黃髮女子，溫雅秀麗，蓬鬆的髮辮垂在一邊肩前。

——張果、呂洞賓、李凝陽、鍾離權。

川芎張大嘴，一時什麼話也說不出來。目睹仙人們性別轉換的他受到太大衝擊，以至於他甚至忘記懷疑一樓起了這麼大的騷動，爲什麼樓上卻像沒聽見般，毫無動靜。

「眞的假的……」川芎好不容易擠出聲音，他衝上前，「喂！張果！呂洞賓！李凝陽！鍾離！喂！」

但不論川芎怎麼呼喚，昏迷又性別轉換的四名仙人就是沒有反應。

川芎咒罵了一聲髒話，他先將躺在地上的張果拉起，只不過要拉起變回成人模樣的張果還眞不是一件輕鬆的事。費了一點力氣，川芎才總算完成這項工作。

吐出一口氣，川芎抬頭望向安靜的樓梯口，他瞇起眼，再怎樣慢半拍也發現不對勁了。他都喊得那麼大聲了，沒道理樓上其他人沒聽到，東海主任和朝顏的房間就在二樓而已！

「幹！我就說這屋子絕對有問題！」顧不得奔上樓會遇上什麼事，川芎咬牙，說什麼都得上去討救兵不可。

然而就像要印證他對屋子的看法，還沒跑上樓，客廳裡的燈光驟然全暗，伸手不見五指。

黑暗中，川芎無法視物，只能設法摸索著往前走。

可是，有什麼阻止了他。

川芎連那東西是什麼都不知道，頓覺有陣冰冷氣流拂上了臉，他的意識瞬間遭到切斷，眼一閉、身子一軟，整個人昏了過去。

客廳裡的燈光閃滅幾下又重新亮起。

喪失意識的五人一動也不動，誰也不會看見天花板與牆壁的接縫處，無聲無息地爬下許多扁平的黑影。

黑影速度很快，它們像蛇一般，眨眼滑爬至地板上。

眼見這些危險性不明的詭異黑影就要接近川芎等人，倏然間，一團緋紅烈焰平空自地面竄現，飛快將川芎幾人包圍在裡面，如同一層防護網。

黑影剎那間被逼得往後退，它們慌張地又退回到天花板與牆壁的接縫，彷彿不曾出現。

客廳裡，緋紅色火焰依舊圍著川芎等人靜靜燃燒。

東海主任注意到自己的幽靈女友有點心神不寧，最明顯的證據就是她不停地切換電視頻道，連最喜歡的「這一夜，大家一起來見鬼」這個靈異節目，都像沒看見般跳過。

這不尋常，真的不太尋常。

「季季。」東海主任喊了她一聲，見她沒反應，伸手拍上她的肩膀，「季季？」

「呀啊！」朝顏嚇得驚叫一聲，手裡的遙控器差點揮到東海主任臉上。

幸好東海主任反應快，及時拉開距離，否則他的左眼可能就要多一圈青紫了。頂著一個黑眼圈，東海主任還真不知道該怎麼見人才好。

「東海，對不起！東海，我有沒有打到你？」一見是東海主任，朝顏趕緊扔了遙控器，驚慌失措地捧住對方的臉，「天啊，東海，要是害你受傷……我……」

「沒事，我沒事。」東海主任握住朝顏的手，反安慰道：「妳沒打到我。別看我這把年紀，我可是比那群年輕小夥子還硬朗呢。」

朝顏被逗得破涕為笑。

「季季，我才想問妳，妳在煩惱什麼事嗎？」東海主任把握機會地問，「我看妳好像一直在意著什麼……是身體用不習慣嗎？要不要我去找阿權過來？」

「不是，阿權幫我實體化的身體非常好用。」一提起鍾離權，朝顏心中滿懷感謝。若不是對方，她就無法像個普通人一樣，與東海主任一起享受旅行的樂趣了。雖說她也能讓自己原本半透明的身體實體化，可只能暫時性，沒辦法維持太久。

見東海主任眼裡滿是對自己的關心及擔憂，朝顏心底一暖。她握著對方早已不若年輕時光滑有彈性的雙手，即使那雙手出現了皺紋，還有著一些暗沉斑塊，她依然感覺到源源不絕的愛意。

「東海。」朝顏柔聲地說，「我的身體沒有問題，我只是……只是稍微在意我們住的這間民宿。」

「我們住的民宿？」東海主任納悶地重複道：「民宿有問題嗎？它的外觀是挺像鬼屋，不過莫先生不也說了，是為了配合活動才特意弄的。」

「我也不清楚，我只是覺得民宿裡……好像有什麼地方不太對勁。」朝顏搖搖頭。她也希望是自己想太多，可怪異的感覺依舊徘徊在心頭，遲遲不肯散去。

東海主任注視朝顏一會兒，隨後他點點頭，「既然如此，我們更要請阿權確認看看。」

「東海，你相信我？」朝顏欣喜地問。

「當然，女性的第六感不都是最準的嗎？」東海主任笑咪咪地說道。

朝顏開心地抱住東海主任，但就在下一秒，她猛然拉開身子，倒抽一口氣。

「有陰氣！」她不敢置信地喊。

「陰氣？」東海主任的表情立刻嚴肅斂起。

「與我一樣……東海，那是我們幽靈才會有的陰氣……」朝顏很快又驚愕地搖搖頭，「又不見了？奇怪，但我剛剛眞的……」

「季季，我們這就去找阿權他們。」東海主任拉起朝顏的手，只希望這樣做可以令心愛的女性感到安心。

朝顏輕咬著嘴唇，點點頭。她不知道自己爲何會感到有絲慌亂，明明這地方出現幽靈也不是什麼值得大驚小怪的事——老天，她自己就是幽靈了！

可朝顏無論如何都沒辦法好好地鎮靜下來，她與東海主任一塊離開房間。

才來到走廊，便瞧見前方有一抹彎著腰的人影，狀似不舒服地撐扶著牆壁。

東海主任和朝顏吃了一驚，他們認出那是民宿主人的父親。

他怎麼了？閃到腰嗎？還是肚子疼？沒有多加猶豫，東海主任和朝顏趕忙跑上前去。

「莫老先生，你還好嗎？你是不是身體哪裡不舒服？」朝顏憂心忡忡地問道。

老者沒有反應。

朝顏望了東海主任一眼，接著她伸手扶住老莫的一邊肩膀，彎下身，「莫老先生，我們先扶你……」

朝顏的聲音驀地哽住了，她刷白一張臉，手指瞬間鬆開，跌跌撞撞地向後退去，彷彿目睹什麼恐怖至極的畫面。

「季季？」東海主任急忙抱住她。

「東海、東海……」朝顏緊緊抓著東海主任的衣袖，聲音顫抖，「他他他……他沒有頭！」

在朝顏驚恐的尖叫聲中，一直背對他倆的老莫也有了動作。他直起背脊，不再彎著腰，清楚地露出自己的脖子——就只有脖子而已，脖子以上什麼也沒有。

那赫然是一具無頭的身體！

無頭的老莫轉過身，正面對著東海主任二人。

朝顏畏怕地抓著東海主任的手往後退，眼眶泛淚。

「季季，冷靜一點。」東海主任也有些受到驚嚇，畢竟乍見一具無頭身軀的衝擊力是相當大的，可他仍盡力安撫朝顏，「妳別怕，妳……」

「嗚！」朝顏發出小小聲的嗚咽，眼裡的淚水像是要落出來，沒想到下一剎那，她的身後又傳出某種物體滾動的聲響。

骨碌骨碌，骨碌骨碌。

聲音越來越近，也越來越大。

朝顏身體僵直，她緊抓著東海主任的手，慢慢地轉過了頭。

老者有些光禿禿的腦袋對她咧嘴一笑，然後放聲尖厲地嚎叫。

朝顏臉龐血色盡失，幾乎站不住腳，纖弱的身子不停瑟瑟發抖，她只能拉著東海主任，往牆壁方向退去。

老莫的身體和腦袋從走廊兩端不斷逼近，陣陣嚎叫拉得一聲比一聲高，一聲比一聲嚇人。

眼見那具身體和那顆頭顱就要逼至他們身邊，朝顏無助又害怕地喊著東海主任的名字。

「東、東海……」

東海主任用力握著朝顏偏涼的手，他已經察覺到周遭出了問題，否則這麼大的騷動，不可能樓上樓下沒人聽見。

東海主任深深吸了一口氣，接著他看著那顆有些光禿、一邊慘叫一邊滾動的腦袋，鄭重嚴肅地開口了。

「莫老哥，你唱的該不會是女神卡卡的Hold My Hand吧？」

慘叫聲戛然而止。

不，或許該說聽起來像是慘叫，但實際是在唱歌的歌聲戛然而止了。

老莫瞪大眼，眼珠子像是震驚得要突出來。

「東海？」偎靠在東海主任胸前的朝顏也抬起頭，詫異地望著他。

下一秒，老莫的頭顱忽然用最快速度回到自己雙手，他迅速地接好頭，隨後激動地抓住東海主任的另一隻手臂。

「你聽得出來？你眞的聽得出來我在唱什麼？」老莫激動得不能自已，那張老臉就像突然開了花、發了光，「楊老弟，你居然有辦法聽出我在唱女神卡卡的歌？」

「是吧，我果然沒聽錯！」東海主任也開心地咧著嘴笑，「怪不得，我就在想那調子怎麼聽怎麼熟悉。」

「我眞是太開心了！我在這裡這麼多年，從來沒人知道我在唱什麼。楊老弟，你眞是我的知音啊！」

「莫老哥，下次你要不要試試YOASOBI的？我補習班學生很多挺愛聽的。」

「原來老弟你是開補習班的？」

朝顏目瞪口呆地看著一人一幽靈聊得不可開交，兩人彷彿相見恨晚。

她不知道現在是該佩服東海主任有辦法分出那是唱歌不是慘叫，還是該出聲打斷他倆的討論。

「那個，東海……」最後朝顏拉拉東海主任，遲疑地說，「莫老先生他，是幽靈耶。」

「啊！」東海主任恍然大悟地擊下掌，「對喔，都忘記莫老哥你是幽靈了。」

「哈哈哈，我自己差點也忘了！」老莫撓撓腦袋，跟著大笑起來。

「我很高興你還記得自己是幽靈這事。」

一道陰惻惻的嗓音響起，卻不是來自目前二樓走廊上的任何一人。

東海主任與朝顏嚇了一跳，他們看見老莫身後倏地生出許多黑點，所有黑點瞬間聚在一塊，變成小男孩的模樣。

「你是……」朝顏用雙手捂住嘴，她對那張臉還有印象，他們今天才在路上向對方問過路！

難道說，這一切……朝顏驀地想通什麼，驚訝地瞠大美眸。

「現在才發現我是故意的已經太晚了。」莫莫露出冷笑，他伸出小手，掌心對著東海主任和朝顏。

「等等，莫莫！其實我們也用不著……」老莫想阻止，卻還是慢了一步。

頓時只見東海主任和朝顏腳下走廊消失，由一個黑洞取而代之。

東海主任二人還反應不過來發生什麼事，便已墜進黑洞裡。

黑洞迅速關閉，地板顏色恢復如初。

走廊上像什麼也不曾發生過。

「你到底在搞什麼，老莫？」莫莫收起張開的手掌，不悅地向老莫說道：「你不是來嚇人的嗎？居然還跟對方聊起天來？如果我沒出現，你該不會要一直聊下去吧？」

「哎，難得碰到知音，就忍不住……我說，莫莫，也用不著一定要把他們抓起來嘛，弄暈不就得了？」老莫晃晃腦袋，或許是剛剛接得太倉促，頭又從脖子上掉下來，不過他速度夠快，手剛好穩穩接住。

「這叫預防萬一。萬一出什麼差錯，還可以把他們當人質。」莫莫沒好氣地睨了一眼，身體「砰」的一聲變回小蝙蝠，揮揮雙翅，「我要去看小莫那邊的情況。你沒事可以去看莫先生他們需不需要幫助，或者到地下室看顧人質。喔，對了，你也可以去找那個短髮的人類少年。他之前一直在屋裡四處遊走，好像在找什麼，說不定他發現不對勁了。總之，別讓他壞我們的事。」

說完，莫莫拍振翅膀，小巧的身體眨眼消失無蹤。

「說得一副我們好像要做什麼邪惡大計畫……明明就只是嚇嚇人，偷一點人類的生氣啊……」捧著自己腦袋的老莫嘆口氣，改唱起女神卡卡的Rain On Me，一邊消失在走廊盡頭。

陸

「你們有沒有聽到什麼聲音？」

余曉愁將電視聲音轉小，輕蹙起細緻的眉，轉頭問向身後兩人。

坐在床上的柔弱少女和眼鏡少年同時茫然地搖搖頭。

「奇怪，我怎麼覺得好像……」余曉愁乾脆關掉電視，赤腳走近門邊，側耳傾聽一下。

門外確實什麼動靜也沒有。

她又走回去，心想或許是自己想太多了。

是因爲這間民宿的破敗外觀讓她心神不寧嗎？可是民宿老闆說了，那只是做效果，而且屋裡的確很乾淨舒適，與外表有天壤之別。

「曉愁，妳覺得無聊嗎？要不要看我帶的書？」方奎彎身撈起放在床下的背包，獻寶似地從裡面拿出一本封面黑底燙金的書籍，「這可是我最近超推薦的新書，《高麗菜星人與蒿苣星人不得不說的故事II》！曉愁，這可是眾讀者千呼萬喚才終於出版的第二集呢！」

「就算它是芭樂星人和香蕉星人的愛情故事，我也沒興趣。」余曉愁抬起下巴，直接將男友的提議打了回票。

「芭樂星人和香蕉星人嗎？這個點子感覺很不錯耶……」方奎若有所思地摸著下巴。

不理會陷入自己思緒的方奎，余曉愁忽然離開椅子，坐到床上。

「阿湘。」她湊近性別轉換的好友。

「是、是？」韓湘放下書，緊張地看著緊盯自己的美少女，不知道對方此刻又在打什麼主意。

「我們去洗澡吧，洗完後我們去找小莓花跟小瓊！」余曉愁興致勃勃地提議道：「待在房間很無聊，我們可以再找藍采和到外面夜遊。」

「不行不行，絕對不行！」方奎扔下手中的書，急急插入話題，他一臉嚴肅，還用手臂做了一個「×」的手勢，「曉愁，這事我說什麼都不會答應！」

「方奎先生，又是哪裡不行？」余曉愁板起一張俏臉，食指不滿地戳著對方胸前，「夜遊不行？嘿，我可是特別提議了你……咳，我是說……」

「我知道妳提議的是我最感興趣的活動，曉愁。」方奎握住胸前那隻手，認眞地說道：「我指的是和阿湘洗澡這件事不行。」

「我？」韓湘納悶地指指自己，「方奎，我、我現在是女孩子，所以應該……」

「不行！」方奎鏗鏘有力地扔出話，眼神異常有魄力，「阿湘，就算你現在是女孩子，但你本來可是男的，而且你又不是一輩子都當女生。如果你一輩子都會是女孩子，這事我們可以另當別論。」

「咦？不，我沒有、沒有要一輩子都……」韓湘大力搖著頭，「絕對沒這回事的！」

「所以啦，朋友妻不可戲……這句是這樣用的嗎？管他的，阿湘，你是我的好朋友、好麻吉，你一定懂我的意思的！」方奎改抓住韓湘的手。

「我懂，方奎，我懂啊！」韓湘也大力握住好友的手。

「兩個笨蛋。」余曉愁搖搖頭，但唇角帶著笑。

任憑方奎和韓湘繼續用眼神進行男人友情的交流——雖然有一方現在是女的——余曉愁從背包裡翻出換洗衣物，準備洗完澡後，再拉著房裡的兩人拜訪其他房間。

她記得，川芎大哥和薔蜜姊的房間都在四樓……

咚！

突來的一個聲響，讓房內的三人下意識往門口看。

彷彿要證實他們並沒有聽錯，又是「咚」的一聲響起。

眞的有誰在敲門。

「請進，門沒鎖！」愣了一下，方奎提高聲音喊道。

但沒想到，房門不但沒被人推開，敲撞的聲音反倒接連響起。

咚咚咚咚咚咚！

方奎閉上嘴巴，錯愕地與另外兩人對望，不知道眼下是什麼情況。

「是有人惡作劇嗎？」余曉愁皺起眉，想到民宿老闆有個年紀尚小的女兒，該不會是她在亂玩吧？

「是誰？再亂敲別人的門，我可是會生氣的！」余曉愁放下衣服，大步來到門前，猛力拉開門，想看清外邊是誰。

但一打開門，她卻呆立原地。

就像失去一切反應能力，只能怔怔地站著，怔怔地看著出現在眼前的一雙腳。

更正確的說法，那雙腳上方還接連著腰部、胸部。

然後，就只有這樣而已了。

余曉愁跌坐在地，美目大睜。

韓湘刷白了一張臉，倒抽一口冷氣。

方奎下意識地摘下眼鏡，用衣角擦了擦再戴上，眼前景象依舊沒有任何改變。

他們的房門口，眞的有具小孩身體平空吊在那裡，看不見頭部，只看見懸在空中的小腳踢了踢──那恐怕就是造成咚咚聲的源頭。

清脆的小女孩笑聲飄了下來。

「嘻嘻！」

「方方方……」韓湘受到驚嚇，結巴地想喊好友的名字，但顫抖的聲音卻拼湊不出完整語句。

方奎深吸一口氣，離開床鋪也來到門前。他彎下腰，那動作似乎是想避開垂掛在門下的那雙腳，接著他出了房間，站在走廊上。

從方奎此刻站立的位置，能清楚地瞧見那具吊在門前的身體全貌。

小女孩的腦袋掛在門框上，所以他們在房內才只看見對方的胸部、腰部，還有那雙小腳——都是半透明的。

「呃……」方奎推推眼鏡，率先說出了自死寂氣氛瀰漫以來的第一句話，「如果要玩盪鞦韆的話，那地方太危險了，不適合。妳要不要換個地方玩比較好？」

本來還自得其樂踢晃著的小腳瞬間停住了，從半透變爲實體。

坐在地上的余曉愁不敢相信地看向門外的男友，「方奎，現在是說這個的時候嗎？那是鬼，那是幽靈吧！」

「幽靈……幽靈！」方奎如同現在才理解這兩字的意義，他大叫一聲，猛然又閃過那雙小腳，衝進房間裡。

余曉愁和韓湘只能下意識地用目光追著他的身影。

方奎就像一陣炫風，衝到自己的背包前抓了什麼出來，隨後又大步流星地來到門前站定，打開相機開關，鏡頭對準。

「請讓我拍一張紀念照吧！」方奎擲地有聲地說，「這一定是主辦爲我們準備的特別來賓！」

「等、等一下，方奎！」仍坐在床鋪的韓湘突然大叫，待瞧見方奎回過頭，她細聲細氣地說，「那個、那個……你是不是先請那位小妹妹換成褲子再拍比較好？裙子很容易、很容易走光的呀。」

余曉愁的理智線再也撐不住地斷裂了，她猝然一把搶過方奎手中的相機，不等對方開口，食指迅速有力地指向他與韓湘。

「方奎、阿湘，你們倆統統給我閉上嘴巴！誰會準備一隻幽靈當特別來賓！」余曉愁俏臉含怒，一雙美眸剎那間轉成燦金，偏褐的髮髮也從末端改變了顏色，如同大海的幽藍飛快滲染其上。

不過短短時間，余曉愁竟成了藍髮金眸的美少女！

事實上，余曉愁並不是人類，她和於沙一樣，都是來自大海的水族成員。

「還有妳！年紀小小掛在門上做什麼？下來！」回復真身的水族少女厲聲一喝。充滿怒氣和威嚴的聲音似乎嚇著了小女孩，本還掛在空中的嬌小身影頓時跌了下來。

小莫瞪大眼睛，看了看別說受到驚嚇，根本反嚇住自己的大姊姊。

藍色的頭髮，金色的眼睛……

「大姊姊，妳……」小莫才說了幾個字，一股怪異的觸感忽然使她停下話。她覺得自己的手指有些癢，像是被什麼爬過，而那東西還在往她手背移動。

小莫慢慢地轉過頭，映入眼中的是個褐色的橢圓物體，前端還有兩根細細長長的觸鬚一晃一晃的。

小莫的兩隻眼睛瞪至最大，驚恐的尖叫瞬間從喉嚨竄了出來。

「蟑螂！」小莫驚慌失措地猛力揮動手臂，彷彿自己的手被火焰燙到一般。

蟑螂被大力甩出，正好落至余曉愁腳邊地板。

氣勢威凜的清麗少女一見蟑螂由翻肚姿勢轉回正面，並開始移動，她的臉孔霎時刷成雪白。

「蟑螂！不要！有蟑螂啊——」余曉愁害怕地尖叫出聲，顧不得什麼幽靈小女孩了，她跳起來，慌張地抱住一旁的方奎，「討厭、討厭！方奎快把牠弄走！」

「哇！曉愁妳小心！」方奎趕忙抱好余曉愁，免得兩人跌坐成一團。他看著在地面胡亂爬動的褐色生物，正想踩扁，但余曉愁又發出驚叫。

「不行！方奎，你要是踩的話，就別再靠近我了！」

同時，那隻蟑螂就像本能地察覺到危機，無預警張開翅膀，在房間飛了起來。

「哇！」

「呀！」

少女和小女孩的尖叫聲此起彼落。

雖然不畏怕蟑螂，但韓湘也不想被牠碰到。眼見那褐色生物往自己飛來，她趕緊跳下床，往門口移動。

可沒想到剛來到門口，那隻蟑螂居然改變路線折了回來。

韓湘嚇一大跳，反射性也抓住方奎的肩膀。

「好重！阿湘你……」方奎差點站不穩，但接下來又多了一股重量在他的另一隻手臂上。

小莫淚眼汪汪地緊抱方奎，小臉因空中的褐色生物逐漸接近而越加驚惶。

方奎覺得自己眞的被當成人體衣架，左右手各掛一個，肩膀還掛一個。他重心不穩地踉蹌幾步，身體終於失去平衡地往門外跌，但總算是記得在蟑螂跟著一塊飛出門外前，將房門用腳尖迅速地勾住，再用力一帶。

門板重重關起，將三人害怕的褐色生物關在裡面。

直到這時，方奎才眞正感受到屁股著地的疼痛。不僅如此，兩名少女和一名小女孩還壓在他身上。

方奎躺在地板上，連哀叫的力氣也沒有了。他從來沒想過，一隻蟑螂居然有辦法造成如此大的騷動。

「方奎、方奎，你還好吧？」韓湘趕緊移開。

「方奎！」余曉愁緊張地跪坐在方奎身邊，雙手捧著他的臉，「你有撞到頭嗎？有沒有腦震盪？天啊天啊，你還好嗎？」

「如果妳能叫坐在我肚子上的小朋友下來，我猜會更好。」方奎有氣無力地呻吟，「幽靈比我想像中的還重呢，曉愁。」

「說那什麼傻話，幽靈如果實體化，當然是有重量的。嘿，妳還不趕快下來。」余曉愁挑高眉毛，氣惱地喝斥著小莫，「妳想把我男友壓扁嗎？」

小莫的大眼睛裡盛滿飽受驚嚇的淚水，她搖搖頭，「我怕……我怕蟑螂……我、我不會很重的！」

就像要證明自己所言不假，小莫的身體變成了半透明。

同時方奎發現身上重量逐漸變輕，最後就像空無一物。

余曉愁看見小莫驚魂未定的可憐模樣，不禁也心軟了。她先讓自己的外貌變得與常人無異，再開口問道：「妳為什麼要嚇我們？妳是鬼？妳們全家人該不會都是？這地方是怎麼回事？」

「大姊姊，妳的眼睛和頭髮……」小莫感到新奇地嚷。

「小朋友，妳可以先回答我們的問題嗎？」出聲拉回話題的人是方奎，「雖然我感覺不到什麼重量，不過我實在不太習慣小女生坐在我肚子上說話。這樣不知情的人看到了，會以為我有戀童癖耶。」

「放心，我、我相信方奎你的！」韓湘認眞地說道。

「謝謝你了，阿湘……好痛！」方奎的臉頰猛地被人捏了一把。

余曉愁瞇著眼，「方奎先生，你自己再帶離話題，我就捏死你喔。」

方奎自動做了個嘴巴拉上拉鍊的動作。

似乎本能感覺到余曉愁是這裡最可怕的人，小莫趕忙乖巧地回答問題。

「大家都是鬼喔！」她扳著手指，一個個數，「老莫、莫先生、莫太太，還有莫莫也是！」

「老莫？莫先生？莫太太？」韓湘訝異地說。她知道小莫指的是誰，可爲什麼是這種稱呼？不是該喊「爺爺」、「爸爸」、「媽媽」嗎？

「你們不是一家人？」

「我們是啊！」小莫開心地咧嘴一笑，「我們大家是一家人。老莫說過，就算彼此沒血緣關係，也可以當家人唷！」

方奎和余曉愁交換一記視線，他們現在知道這些鬼並非家人，恐怕只是剛好湊在一起。

「那莫莫又是誰？」余曉愁問道，她記得這間民宿只有四個人，冒出第五個名字是怎麼回事？

「莫莫就是……」小莫倏地打住話，她抬頭看著走廊前端，露出了高興的笑容，小手指向前，「莫莫！」

什麼？韓湘等人一驚，急忙也轉過頭。

方奎因爲仍被壓著，只好把頭往後微仰，雙眼內頓時倒映出一抹原先並不存在的矮小身影。

那是個面生，卻又帶著一絲眼熟的小男孩。

不知何故，對方稚嫩的面容上竟覆上滔天怒意，雙眼彷彿要噴出兩簇火焰。

怎麼了嗎？方奎腦袋一時轉不過來，不明白對方爲什麼會以看仇人的目光瞪著他們。

「啊！」方奎瞧向坐在自己肚子上的小女孩，忽然好像有點明白。

莫莫簡直不敢相信自己所看到的，他本來擔心小莫一個人可能會應付不來，才特地繞來三樓。但他怎樣都料想不到，自己居然會見到這幅景象。

小莫……他的小莫居然坐在一個眼鏡仔的肚子上！

「小莫！」莫莫捏緊小拳頭，霍地一揮手。

坐在方奎身上的小莫宛如受到一股無形吸力拉扯，嬌小的身子騰空升起，往莫莫方向快速飛去。

小莫像是覺得有趣地咯咯笑著。

「你們幾個人類！尤其是那個躺在地上活像壓扁青蛙的眼鏡仔！」小莫降落在自己身邊後，莫莫一手牽住她，一手直指韓湘幾人，咬牙切齒地說，「統統都給我下去當人質吧！」

話聲剛落，方奎、韓湘、余曉愁身下出現一個漆黑大洞。

三人毫無懸念地跌落下去。

黑暗關閉前，還可以聽見驚慌的尖叫，以及方奎的一聲「你是我們路上遇見的……」。

莫莫握住五指，徹底閉闔黑洞，也隔絕了剩餘聲音。

「現在發現太晚了。」莫莫冷哼一聲，拉著小莫的手，抬頭望向天花板，「四樓是莫先生和莫太太負責，不知道他們進行得怎樣？」

「小藍葛格？」莓花轉過頭，望向抱著自己唸故事書卻突然停下的藍髮少女。

藍采和似乎沒聽見莓花的聲音，她注視著門板，彷彿想看穿什麼，或是想聽見什麼。

直到莓花的第二聲呼喊響起，才猛然回過神地收回視線，低下頭。

「小藍葛格，怎麼了嗎？」莓花仰高臉，困惑地問。

「不，什麼事也沒有，我只是覺得外面很安靜，沒聽見什麼聲音。還有，哥哥好像下樓挺久了？」藍采和若有所思地低語，接著她合起故事書，「莓花，我們也到樓下找哥哥好不好？」

凡是藍采和說的，莓花都無法拒絕，她大力地點點頭。

藍采和將故事書擱至床上，帶著莓花離開房間。

來到走廊後，可以更加清楚地感受到那份靜謐。

太安靜了。雖然這裡是四樓，但如此安靜卻讓藍采和覺得有絲不尋常。

藍采和牽著莓花的手下樓。

這棟民宿只有一座通往各層樓的樓梯，所以當藍采和站在樓梯上，卻沒有聽見任何聲響，靜得不可思議，她的心頭浮上不安的預感。

而接下來發生的事，更證實了她的預感無誤。

少女和小女孩從四樓走下三樓，再走下二樓，但在二樓之下的——卻不是應該出現的一樓客廳。

站定於最後一級階梯上，藍采和緊握著莓花的手，一臉茫然地看著眼前與二、三、四樓無異的走廊及房間。

這是怎麼回事？我們明明走到一樓了吧？為什麼看到的卻不是客廳？

「小藍葛格，好奇怪……」莓花也發覺不對勁，她緊張地往藍采和身邊靠去，「每一樓都跟四樓好像耶……」

每一樓都跟四樓好像？這句話瞬間觸動到藍采和，她轉頭一看，隨即一把抱起莓花，然後手指搭上樓梯扶手，指尖猛然施勁。

與柔弱外表不符的可怕怪力登時讓木製扶手崩落一塊。

「莓花，抱好我，我要用跑的喔！」沒解釋自己堪稱破壞私有物的舉動是何原因，藍采和抱緊莓花，依她所言地加快速度，往上奔去。

一層、兩層、三層……相同模樣的走廊從眼角一再刷過，除此之外，映入眼中的還有崩了一角的樓梯扶手。

沒錯，一模一樣的樓梯扶手！

不論藍采和抱著莓花往上跑或往下跑，看見的都是被自己做了記號的扶手。

藍采和猛地停下腳步，站在樓梯口，她已經不知道自己跑了幾次，但不管怎麼跑，抵達的永遠都是同一層樓——四樓。

兩人簡直被什麼困住一樣，只能在同一地方不停打轉。

鬼打牆！這個名詞驀地躍入藍采和的腦海，她輕輕抽口氣。如果眞的是這樣，那就太奇怪了！

別說鬼魂的陰氣，這個地方連妖怪的妖氣都沒發現……況且，凝陽剛到的時候不也確認過這裡沒問題了嗎？

到底是什麼地方出了差錯？

正當藍采和陷入困惑與茫然，走廊忽然響起一個聲音。

咔噠！

有扇門被打開了。

藍采和一驚，飛快護在莓花身前，指間抓著數條淡銀光絲。這時她不禁要感謝韓湘，讓性轉後的他們維持在眞身姿態。

離樓梯口不遠的房門慢慢被打開，接著一抹人影走了出來。

「薔蜜姊？」藍采和瞬間放鬆，差點整個人跌跪在地，手中光絲消失，蒼白的臉上驚喜交加。

「薔蜜姊姊！」莓花探出頭，睜圓的眸子滿是欣喜。

面對態度興奮的少女和小女孩，走出房外的薔蜜卻是一愣。

「怎麼了？我錯過了什麼嗎？」她輕推一下鏡架，訝異地問。

「薔蜜姊，妳怎麼會出來？妳也發現到什麼不對勁嗎？」藍采和牽著莓花的手迎上去。

「不，我只是想到樓下找看看有沒有今天的報紙……」薔蜜話說到一半，驀然打住。她望著藍采和，鏡片後的美眸浮現吃驚，她意識到藍采和說了什麼。

——妳也發現到什麼不對勁嗎？

「等等，所以你是說……」薔蜜眼神轉為銳利，迅速望了周遭一圈，同時注意到走廊上只有她們三人，「川芎沒跟你們一起？」

「哥哥之前就下樓了，我沒仔細看是幾點，但我猜過了半小時以上。」藍采和輕聲地說，「薔蜜姊，我們想下樓卻下不去。」

「下不去？」薔蜜腦筋靈活，立刻猜到其中含意。

下樓的樓梯就在一旁，藍采和卻說無法下去……

「被困在這裡了？」

藍采和點點頭，指著剛剛破壞的樓梯扶手，說，「我一開始還沒發現，是小莓花先注意到每一樓都長得跟四樓一樣。所以我乾脆用這做標記，結果不管我們往上往下跑，最後到達的都是四樓。」

「這麼聽起來，簡直像碰到……」薔蜜嘴唇微動，但「鬼打牆」三個字仍傳進藍采和耳裡。

「果然，連薔蜜姊也這麼想嗎？」藍髮少女目光一凜，思索該如何打破現況。

「藍小弟。」知道藍采和的少女姿態只是暫時，所以薔蜜沒改變稱呼，待藍采和望向她後，她提出疑問，「你聯絡過其他人了嗎？」

「咦？」藍采和愣了一愣，緊接著睜大眼，「啊」了一聲。

玉帝在上，竟然忘記最基本的事！就算被困在四樓，沒辦法確認其他樓層同伴的情況，但有種東西可是叫作「手機」！

藍采和都想斥罵自己反應遲鈍了，她趕緊摸索口袋，慶幸自己有隨身攜帶手機。

她握著手機蹲下來，好讓莓花也能看清自己正在做什麼，以免她因爲不清楚情況而感到不安。

輕快的音樂自手機傳出，但過了一會兒便直接轉進語音信箱。

聽見制式話語響起，藍采和登時蹙眉，切斷了通訊。

「哥哥手機打不通。」藍采和搖搖頭，她很確定林家長男有將手機帶在身邊。

「曉愁和小瓊也一樣。」薔蜜拿開耳邊的手機，眉宇透出一絲嚴肅，「藍小弟，你打給我試試看。」

「哎？」藍采和困惑地眨下眼，卻仍依言而行。

很快地，她便知道薔蜜這番舉動用意爲何。

藍采和愕然地瞪著手機，螢幕上顯現的是自己手機撥打給薔蜜的通訊畫面，然而對方的手機連點動靜也沒有。

沒有音樂，沒有震動，全然不見有人打來的跡象。

「居然……」藍采和放棄撥打，已經明白這是怎麼回事了。

「顯然通訊也被干擾。」薔蜜冷靜地下結論，「藍小弟，恐怕我們得麻煩你了。」

藍采和站起來，她點下頭，柔軟似水的眸子閃動堅定和凌厲。無論是誰把她們困在這裡，但既然有膽子做這種事，就該有心理準備承擔後果。

假使敢傷了哥哥他們，更是絕對不能原諒！

藍采和指尖渲染出淡淡銀光，可就在他打算解除身上的障眼法之際，走廊轉角另一端無預警出現腳步聲。

而且還是兩個人的。

藍采和指尖銀光瞬隱，立即看向薔蜜；薔蜜對她頷首，再拉過莓花，兩人謹慎地退至她的身後。

腳步聲的主人像是毫無掩飾之意，鞋底踩上地板的聲響不斷朝藍采和等人方向接近。

終於，兩抹人影從轉角處走了出來。

「晚安，三位客人，待在這裡是有什麼事嗎？」莫先生行了一個禮，倘若身上套的是筆挺的制服和白手套，看起來就像管家一般。

「是我們哪裡招待不周嗎？」莫太太溫柔地問。

「不，你們的招待相當周到。」藍采和微微一笑，看著這對經營民宿的夫婦朝她們繼續走近。對方越是靠近，她的步伐也越往後退，不讓彼此拉近距離。

但突然間，莫先生和莫太太停下腳步，他們站定不再前進。

下一秒，莫先生眼珠起了變化。他左邊眼睛漸漸突出，乍看下，宛如眼球要從眼眶裡掙脫出來。

薔蜜心裡剛閃過這個念頭，馬上摀住莓花的雙眼。

莫先生左邊眼珠真的從眼眶掉出來了，末端連著神經，就這麼垂掛在臉上，看起來好不嚇人。

即使冷靜如薔蜜，親眼目睹他人眼珠脫出眼眶，也不禁摀著嘴，微側過臉。

「薔蜜姊，妳和莓花再退後一點。若有必要，妳可以叫於沙出來。」藍采和鎮靜如昔，柔軟的嗓音與平常一樣含帶笑意。

雖說莫先生眼珠掛在臉上的模樣挺嚇人，但藍采和畢竟是存於世上千年的仙人，什麼樣的情況沒見過，所以她只越發溫和地笑看著擺明不是人類的莫氏夫婦。

「還有小莓花，妳把眼睛閉起來，用手摀住耳朵，只要數到五百就可以了。」

「莓花知道了！」莓花沒有追問原因，她緊閉眼睛，小手摀住耳朵，開始在心裡從一數到五百。

莫先生倒是沒想到面前少女竟毫無動搖。

「親愛的，只有這樣果然不夠嗎？」莫先生猶豫地問著莫太太，「之前的客人不都是看到這樣就開始尖叫？」

「親愛的，也許現在的孩子口味比較重？」莫太太提出建議，身上跟著出現變化。

薔蜜就算比常人冷靜，眼前上演的這一幕，仍在挑戰她的極限。

不管是莫先生或莫太太，他們兩人的衣物逐漸化爲焦黑，光滑有彈性的皮膚凹扁下去。莫先生的一顆眼珠還掛在臉上，另一顆則掉到地板，眼眶留下黑漆漆的窟窿。他的一隻手臂扭成奇怪形狀，骨頭突刺出來，肚子上開出一個大洞，一大截腸子從裡面咕溜滑出。

莫太太兩隻眼睛完好，但嘴唇旁邊到下巴的一大片皮膚卻被撕裂開來，露出牙齒、肌肉。胸前到小腹則一片血肉模糊，不斷流出大股鮮血，並夾雜著碎肉。

所有的一切，看起來如同恐怖片畫面，一部發生在現實中的恐怖片！

薔蜜美麗的臉龐刷白，她極力壓抑反胃感，然而雙腳卻誠實地反應她的情況，瞬間脫力地往下跌跪。

「搞什麼，都這德性了還要逞強嗎？」

一雙手臂及時接攬住薔蜜的身子，落在她耳邊的則是一道不耐煩的熟悉男聲。

薔蜜感覺自己緊貼著結實溫熱的身軀，隱隱還可聽見對方胸腔底下的心跳聲。她抬起臉，映入眼中的是混雜著不滿不悅、還有更多擔心的碧綠眼珠。

「張薔蜜，妳看起來像是要昏過去了。」於沙緊皺著眉頭，臉部線條繃緊。

「我會用意志力克服著不昏過去。」薔蜜反抓著於沙的手，想要借力站起。

於沙眉頭又是一擰，不由分說地將薔蜜壓按在莓花身邊坐下，「給老子乖乖坐在這裡，任何意見一律駁回不聽！」

抛下強硬的警告，黑髮獨眼的男人轉向莫先生和莫太太。無視他們的滿臉驚疑，也像是對他們血肉模糊的模樣視若無睹，他右手往旁一伸，抓住了一柄平空浮現的三叉戟。

「用這種難看的模樣是想嚇誰？」於沙露出森森白牙，咧開一抹猙獰的笑容，剎那間狂暴氣勢席捲全身，碧眼裡更是閃動嗜血光芒，「我管你們是什麼玩意，想死得不能再死，老子就成全你們！」

「你、你……」莫先生被那股嚇人氣勢震懾得反退一步。

一旁的莫太太心慌地握住他的手。

他們怎會看不出來，那名渾身狂氣的獨眼男人壓根不是人類！

但是，他是什麼？爲什麼會從那名女子身體裡出現？

「慢著，於沙。」藍采和忽地抬手，攔在於沙身前，不讓他再有進一步動作。

「藍采和，老子可不是你的部下，別想命令我。」於沙凶惡地瞇眼警告。

「於沙，你先讓人說完。」薔蜜說道。

於沙嘖了一聲，卻眞的安靜下來。

「這裡的空間是他們弄出來的，現在還不知道其他人的情況。若貿然破壞，恐怕會連累到哥哥他們。」藍采和快速分析，心中則是佩服薔蜜竟有辦法讓這桀驁不馴的男人聽話。

於沙不耐煩地彈了下舌。其他人的安危的確對他無關緊要，可對薔蜜而言卻很重要。

「啐，隨便你去搞吧。」於沙手裡的三叉戟化爲水流消失，他後退一步，雙手抱胸地站在薔蜜身前，那姿態活脫脫像隻大型的守護獸。

「好了，現在我們可以好好地來聊一聊了。」藍采和回過頭，嫣然一笑。

明明對方的眼角、唇角如此柔軟無害，莫先生和莫太太卻反射性感到一股寒意爬上背脊，接著他們看見不可思議的一幕。

隨著少女手指輕揮，對方身前倏地有團漣漪似的波紋擴散開來，轉眼間，漆黑的頭髮與眼睛被水藍色侵佔，而在對方的右頰上，還烙著一枚同色的妖嬈焰紋。

到這時候，莫先生和莫太太才終於驚覺過來，原來就連他們面前的這名柔弱少女……也不是人類！

「怎麼會？我們完全沒發現到……」莫先生這下子有些慌了手腳，「該、該不會其他人也……」

「我不知道你們弄出這堆把戲是想做什麼。」藍采和溫和地說，唇畔笑意令人如沐春風，「但是，只要你們敢讓我朋友們受到傷害……噢，我會的，我發誓我會的，管你他媽的是什麼玩意，老子一定把你那截爛掉的腸子統統扯出來勒死你們再××地塞進你們的耳朵內！」

「親、親愛的……」莫太太緊抱著莫先生的手，瑟瑟發抖。

莫先生也臉色發白，他一個大男人還是第一次聽到這種驚人的髒話，尤其還是從一個笑意盈盈的少女口中說出。

「我們先離開……親愛的，我們先去找莫莫他們！」莫先生自知情勢不妙，立刻與莫太太隱去身形，瞬間在走廊上消失得無影無蹤。

「等等！」藍采和可沒想到對方躲得如此迅速，要追已不見人影。但她也不急，收回手，藍眸轉爲注視那座讓她們不停原地打轉的樓梯。

「薔蜜姊，我們再試試看能不能成功下樓吧？」藍采和說道。

薔蜜對此沒有意見，她試圖站起，卻感覺到腰間忽然伸來一隻強健手臂。

在手臂的主人有所行動之前，她已反射性先有了動作。

薔蜜沒有多做思考，鞋跟直接踩上於沙的腳，在他險些跳起之際，迅速揮開腰間的那隻手臂。

「我猜我不至於虛弱到要被人公主抱的地步。」薔蜜眼神犀利，「而且我討厭公主抱。」

於沙訕訕地收回手，想不透自己的心思怎會被人看穿。可轉念一想，他對薔蜜能看穿自己想法一事感到洋洋得意。

這就是所謂的心意相通吧？獨眼男人沾沾自喜地想。

沒多看一眼那位能完美詮釋「愛情是盲目」的男人，藍采和在莓花面前蹲下，「莓花，可以張開眼睛了喔，沒數到五百也沒關係。」

聞言，林家么女那雙圓亮的眸子立即睜開。

「叔叔和阿姨不見了？」她左右張望一下，沒瞧見莫先生和莫太太。

「這個嘛，他們有事先走了呢。」藍采和笑盈盈地說，她牽著莓花的手站起，「我們也要下樓了，去找哥哥。」

堅持跟在薔蜜身邊的於沙沒回到她的身體裡，於是一行四人就這麼走下樓梯。

只不過在發現他們居然又回到四樓、鬼打牆並沒有被解除後，藍采和的笑容就像春天一樣明媚動人。

「太好了，要跑也不會拿掉障壁。」藍采和一字一字柔聲地說，她忽地伸手往自己心口探進去，白皙的指尖從體內取出了三團不同色澤的光球。

光球眨眼變成人形，恢復原來的樣貌，赫然是迷你版的鬼針、茉薇和紅李。

「采和！」

「主人！」

一見到那抹水色身影，茉薇和紅李頓時開心地撲上去。

鬼針抱著雙手，神情倨傲，像是不屑同伴們迅速黏上的行爲，不過他的一雙眼卻是不時地瞥看過去。

「鬼針、茉薇、紅李，我有事要麻煩你們。」藍采和微笑地捧起兩名女性植物，隨後視線再看向浮立前方的鬼針，「鬼針，你應該也感覺到了吧？」

「這地方的空間被輕微扭曲，還混著點幻術在其中，但只是小兒科。」鬼針傲慢地睨了一眼，「要我直接毀掉嗎？」

「不。」藍采和意外地這麼回答，她眼眸笑彎成月牙狀，「這樣的話，我就不能抒發壓力了哪。」

藍髮少女的笑容閃耀著天眞和孩子氣，眼裡則是無比猙獰的光芒。

即使如此，那依舊是植物們無法抗拒的笑容。

茉薇最先出手。

金髮藍眸的艷美女子瞬間回復正常體型，鮮紅高跟鞋下疾竄出無數黑影，迅雷不及掩耳地衝下樓梯，直至中途，像是被某道看不見的透明障壁阻擋。

「閃開。」鬼針冷淡地哼了一聲。

黑髮白膚的陰冷男人張開五指，刹那間空無一物的樓梯中央出現了黑暗。黑暗像是攀附著什麼往上擴散，一轉眼，樓梯中央如同被設置了一面漆黑之牆。

「固定完空間就換我了！」紅李身形跟著抽高，變回原來的模樣。她握住平空浮現的銀色餐刀，紫紅色的眼眸威凜強勢。她重重地以餐刀拄地，平整地面裂出縫隙，刹那間往前翻掀而起，撞上了漆黑之牆，接著水泥塊居然依附在牆上。

很快地，黑牆成了一面堅固的水泥之牆。

「這傢伙到底想做什麼？」於沙看得一頭霧水。

薔蜜看見藍采和走向那面由她植物造出的牆，還看見她握緊拳頭，對拳輕哈了一口氣。

薔蜜推推眼鏡，冷靜又理智地做出結論，「很明顯，他是要抒發壓力。」

薔蜜話聲剛落，藍髮少女的拳頭已朝那面牆重重地揮出——

柒

一陣不甚明顯的震動猛地傳來，隱約從哪裡還傳出了轟隆的聲音。

正在小閣樓的俊俏少年被嚇了一跳，吃驚地從窗前回過頭，望著身後那扇半開的門。發生什麼事了嗎？何瓊訝異地想，側耳仔細聆聽卻沒發現再有動靜。

何瓊拿出手機一看，上面顯示的時間告訴他，自從他在客廳和呂洞賓幾人打過招呼、分開後，已過了快四十分鐘。

「原來已經這麼久了……」何瓊喃喃地說。

他是爲了要找那隻彷彿通曉人性的小蝙蝠，才開始在這幢民宿四處走動。有好幾次似乎看到那抹小巧的黑影，但眨眼又不見蹤影。

最後，何瓊找到最頂端的閣樓。

蝙蝠喜歡安靜漆黑的地方，他猜想或許能在這裡找到，可惜還是失望了。

閣樓裡整理得乾乾淨淨，只堆放一些雜物，連隻蝙蝠也沒看見。

雖然閣樓沒開燈，但藉著窗外明亮的銀色月亮，照明已是足夠。

找不到蝙蝠令何瓊有些小小失望，他刮刮臉頰，心想還是先回到客廳再說。

何瓊沒忘記關上閣樓的窗戶，但就在他準備關窗之際，注意力被窗外大霧攫住了。

他一愣，沒想到原先徘徊在森林周遭的霧氣竟已逼近民宿。霧氣不像下午所見般薄淡，而濃厚得幾乎令人看不透其後景物。

何瓊凝視了好一會兒，纖瘦的身子忽然鑽出窗外，輕而易舉地翻躍至斜面屋頂上。

何瓊站得筆直，彷彿絲毫不擔心自己會從高處摔落下去。那張俊俏非凡的面孔凝著嚴肅的神色，一雙貓兒眼更是若有所思地瞇起，直直凝望著某一點。

從四樓半的高度望出去，可以瞧見偌大森林都被濃霧吞噬，襯著夜空格外明亮的月亮，有種詭異的不協調感。

驀地，何瓊眼神一厲，看見了異常。

在森林邊緣，竟有黑影蠕動搖曳，並且緩緩地向前推進！

那是什麼？那很明顯有著不對勁，可為什麼在親眼目睹之前完全沒感覺到任何異常？

不，甚至就連李凝陽也毫無所覺。

這地方有問題！

何瓊抿直了唇線，發現黑影前進方向赫然是這間三途民宿後，他立刻採取行動。

「必須馬上通知小藍他們！」何瓊動作俐落地滑進閣樓裡，反手關上窗戶，快步跑出閣樓，直奔四樓。

藍釆和等人的房間空無一人，連薔蜜也沒待在自己房間裡。

一樓客廳嗎？何瓊腦海剛閃過這個念頭，身體隨即有了動作，他再度飛快奔向三樓再到二樓。

但就在踏上二樓走廊的瞬間，左側方猛地傳出劇烈聲響。

沒有細想，何瓊即刻進入備戰狀態，五指握住平空浮出的柳葉刀。可他隨即發現到，本來什麼也沒有的走廊中央，居然有什麼崩落下來。

宛如空間化成了硬物，接著如同被擊碎的玻璃般，大大小小的碎塊散落一地，剛落至地面轉眼消失。

何瓊睜大了粉紅色的貓兒眼，映入眼瞳的是再熟悉不過的人影。

「小藍？莓花？」他驚呼，不解空無一人的走廊怎會無預警出現四個人，「薔蜜姊？薔蜜姊體內不交房租的房客？」

「喂，最後一個是什麼意思！妳是看不起老子嗎？」於沙大怒，碧瞳猛獰，「開什麼玩笑，我可是有替張薔蜜那女人做家事當房租的！別把老子當成那種沒路用的小白臉！」

「……只有我覺得重點不在這嗎？」藍采和傷腦筋地刮刮臉頰。

「不，相信我，藍小弟你並不寂寞。」薔蜜沉著地回答。

「薔蜜姊，所以於沙眞的會替妳做家事？」藍采和忍不住偷偷問了。

「我阻止過了，他堅持。我目前正捍衛我的貼身衣物別被他拿去洗，否則我宰了他。」

薔蜜依舊是雲淡風輕的口吻。

「哇喔……」覺得自己好像聽見不該聽的東西，藍采和發出個音節作爲感想。緊接著，她把注意力轉回何瓊身上，瞧見對方手中的柳葉刀，「小瓊，妳碰到什麼了嗎？」

「不，這個是……」何瓊傷腦筋一笑，「這是因爲聽見小藍你弄出的動靜，以爲有敵人或危險，才把紅蝶叫出來。小藍，你們那邊發生了什麼事？你剛打碎的那個，是實體化的空間吧？」

「啊，我請鬼針他們弄的。」藍采和指指心口，爲了避免在植物中最爲好鬥的他們一個不注意拆了這棟有問題的屋子，所以把空間實體化後，她又把他們強制關回體內，除非再碰上鬼打牆。

「小瓊，妳到哪裡去了？這屋子有問題，恐怕這裡的一家人都是鬼。我們剛才碰上莫先生和莫太太，只不過被他們跑了，他們在幾層樓都設下鬼打牆的把戲，我們正在找其他人。」

「恐怕有問題的不只這間屋子。」何瓊沉吟道，「我在屋頂上看見四周全被霧氣包圍了，森林邊緣還有怪異的黑氣。小藍、鯊魚先生，你們應該也察覺到了，對吧？如果不是親眼看到，我們根本沒察覺這裡的不對勁。」

「誰是鯊魚？老子的名字是於沙。」於沙不爽地咂下舌，不過也同意了何瓊的看法，「是沒感覺到，但不可能是住在這裡的那些傢伙力量強大之故。你們可是八仙，沒道理七個人都被蒙蔽。看樣子，是這地方本就有什麼混淆感知能力的力量、磁場，隨便你們怎麼稱呼都行。」

「我也同意於沙的看法，畢竟想瞞過凝陽，那不是能簡單做到的事。」藍采和點頭，「假使我們想弄清楚，先抓到一個嚴刑拷打逼問就行了。」

於沙瞄了藍采和一眼，確定「嚴刑拷打」這四個字是由那張無害臉孔的主人說出，他下意識退了一步。

「唔，我不反對小藍的意見，但我們有更重要的事要做，對吧？」何瓊微微一笑，笑容帶著凌厲。

「沒錯。」藍采和也露出了笑，笑裡溢滿猙獰，「先找到哥哥他們，然後……」

「再考慮要不要宰了那些不長眼的傢伙！」少女和少年異口同聲地喊道。

「我打頭陣！於沙顧好薔蜜姊！」何瓊率先奔下通往一樓的階梯，手中紅蝶蓄勢待發，刀鋒流轉冷光。

「莓花，抓好我！」藍采和抱緊莓花，快步跟上，空著的右手五指暗凝銀光，細不可察的光絲剎那間纏繞手中。

薔蜜毫不猶豫立即追上，連讓於沙問出「真的不用我抱妳嗎？」的機會也沒有。

這一次，藍采和等人並沒有遇到阻擋。

他們很快抵達一樓客廳，迎面撞入眼中的緋紅烈焰頓時令何瓊驚愕地停下腳步。

火焰環繞客廳的一塊區域，透過間隙，可以窺見火焰裡赫然倒著諸多人影。

「川芎大哥！」何瓊倒抽一口氣，當下就想揮刀利用風壓劈開火焰，但藍采和卻拉住他的手臂。

「小藍？」何瓊不解。

「交給我吧，小瓊。」藍采和不見慌張地說道。她走上前幾步，還沒見她採取任何行動，那圈張牙舞爪的緋紅火焰下一剎那竟全數消失。取而代之的是，空中飄浮著一抹如烈火般的迷你身影。

紅銅色的髮絲與眼眸，一身褐色皮膚，眼神銳利不馴。

「椒炎？」何瓊訝異極了，但瞬間已將事情全弄清楚，「小藍你早就安排椒炎在川芎大哥身邊？」

「賓果！不愧是小瓊，眞了解我。」藍采和笑容滿面，伸手讓椒炎躍至自己手背上，「哥哥那時候是一個人下樓，我就讓椒炎隱身保護他，可惜那些扭曲的空間阻擋了我與椒炎的聯繫。」

「藍采和，你到底是發生什麼事？我叫老半天也沒人回應。」椒炎挑高眉梢，厲視著面前的藍髮少女，「我先告訴你，要不是你特地拜託我，我早撇了他們不管。附帶一提，那名人類只是昏了沒事。」

「是是是，我知道椒炎一定會幫我的。」藍采和笑靨如花，頰邊浮現淺淺的酒窩。

椒炎的心跳不受控制地加快，猛地漲紅一張臉，然後面紅耳赤地飛至藍采和的頭頂上，坐在藍色髮絲之間，像是要把自己的身影藏起來。

「哎？我做了什麼嗎？」藍采和困惑著椒炎的反應。

「關於這個問題，我覺得我們可以晚些再來討論。藍小弟，你不認為現在有什麼看起來……」薔蜜頓了一頓，婉轉地說，「相當不對勁嗎？」

「咦？不對勁？」藍采和反射性地看向薔蜜，接著發現於沙的表情古怪地扭曲了。她心裡一驚，以為是有什麼出現，趕緊回過頭。

可是，什麼也沒有。

川芎仍躺在地板上，沙發上則是東倒西歪著四名仙人，臉部不是被髮絲遮掩大半，就是剛好埋在沙發扶手上。

沒什麼問題呀……藍采和納悶地逐一看過。

紅髮的是凝陽，綠髮的是洞賓，黃髮的是阿權，還有白髮的是果……不對，等一下，等等等等一下！

藍采和像受到驚嚇地差點跳起，她迅速放下莓花，三步併作兩步地衝到沙發前，將每位仙人同伴都扳正，撥開髮絲，露出了他們完整的面容。

不，現在是她們才對了。

藍采和目瞪口呆地看著全換了性別的李凝陽、呂洞賓、鍾離權、張果。

「靠杯，這是怎麼回事……玉帝在上！怎麼連他們也性轉了！」藍采和不敢置信地大叫道。

「他們吃了韓大人做的糖果。」椒炎從髮間冒出頭說。

「阿湘做的糖果？阿湘哪時又做了……噢。」藍采和的問句在瞧見桌上擺的盒子時猛地中斷。她認得那盒子，那是韓湘用來裝會轉換仙人性別的兔子饅頭的盒子——只是現在裡面裝的是星星糖。

「看起來兔子饅頭變成星星糖了呢，小藍。」何瓊走近她身邊，拍拍她的肩。

藍采和就像忘記怎麼說話地點了下頭。

「你似乎很吃驚？」薔蜜瞥了於沙一眼，「但你在看見藍小弟他們時，就很正常。」

「廢話，兩邊衝擊感差太多了，而且藍采和他們的照片又不是沒先看到……」於沙話沒說完，就發現薔蜜走向失去意識的川芎，似乎打算撐扶起他。

於沙不悅地彈下舌，大步上前，搶在薔蜜前輕鬆拎起林家長男，將之扔到還有空位的沙發上。

沙發震動了下，也驚醒了似乎看出神的藍采和與何瓊。

他們飛快互望一眼，隨即有志一同地掏出手機。這麼難得的畫面，當然是先拍下來再說！

正當兩人要按下拍照鍵，沙發上的人們卻像被驚動了，猛然張開眼睛。

「藍采和，不想你的手機報廢，就乖乖收起來。」李凝陽手杖末端抵著藍采和的手機鏡頭，赤紅瞳孔看似漫不經心，實則含帶一絲鋒利。

不過在吐出警告後，她神情微變。很顯然，發現到自己的聲音異於平常。

但即使如此，藍采和也不敢趁對方分神之際偷拍。

玉帝在上，她可不想真的賠上自己的手機，凝陽可是標準的動口也動手！

「小瓊？」抓住何瓊手腕的是鍾離權，這名仙人立即注意到自己的聲音有異，那是一道貨眞價實的溫柔女聲。

淺黃色瞳孔微縮，鍾離權低頭看了看不復平坦的胸前，接著又順勢拉近何瓊，借用對方手機開啓自拍模式，鍾離權看見了出現在螢幕上的自己——變爲女性的自己。

「這還眞是……」鍾離權苦笑著搖搖頭，鬆開了手指，「小瓊，妳要拍的話就拍吧，到時也給我一份當紀念，或者我們直接拍張合照？」

「沒問題。」何瓊比出ＯＫ的手勢，他坐到鍾離權身側，手機拿高，與對方貼近。

選錯目標的藍采和則是有些惋惜，不死心地改看向張果和呂洞賓，在心中快速比較了下，點點頭，頓時將鏡頭鎖定張果。

不管怎麼說，果果的稀有度就是比洞賓高嘛！

只不過她這次依然沒有成功拍下照片。

看著螢幕上不知何時睜開銀白雙眸，並且用漠然眼神直視自己的白髮女子，藍采和摸摸鼻子，很認命地打消了主意。

「我沒拍。果果，我眞的沒拍。」藍采和舉手發誓，不想成爲第一位因爲偷拍照片而被同伴宰掉的仙人。

另一邊，拉開褲子確定自己眞的變成女人的李凝陽，沒有太多的情緒波動，看上去如平時冷靜，只是摸出香菸糖放進嘴裡咬著，然後凶暴俐落地將沙發上的呂洞賓踹下去。

綁著馬尾的綠髮女子頓時因落地的疼痛而驚醒，她疼得連聲哀叫，漂亮臉孔扭曲。接著她看見面前有一名赤紅短髮的俊麗女子，居高臨下地俯視著自己，杏仁狀的瞳孔熟悉無比。

還有那條橫在眼下的疤……

「……凝陽？」雖然覺得不太可能，呂洞賓還是遲疑地喊道。驀地，換她自己表情僵住。

呂洞賓先是眨眨眼，慢慢地環視四周一圈，映入眼中的白髮女子、黃髮女子，讓她背後冷汗越冒越多，最後她的目光回到紅髮女子臉上，後者一臉似笑非笑，眼神掃過了她的褲襠。

呂洞賓咕嚕一聲地嚥下唾液，撐坐起身體。

拉開上衣一看——×的！好雄偉！

再拉開褲子一看——＠＃％＄！

不見了啊！呂洞賓震驚得連話也說不出來，只能一臉瞠目結舌。她不是笨蛋，加上又有藍采和等人爲前車之鑑，怎麼可能不知道自己變成女的了。

可是，玉帝在上……看別人變跟自己變是完全兩回事啊！

「好樣的，洞賓，你把我們也拖下水了。」李凝陽雙手抱胸，一腳踩在呂洞賓的肩上，眼神睥睨又帶著風雨欲來之勢，「我看這樣好了，你乾脆就豁出去踏上變性之路。身爲你的好朋友，我是絕對不會嘲笑你的，反正你的男子氣概已經隨著你的腦漿外流得一點都不剩了。」

「等一下，凝陽，你的表情很可怕……凝陽，拜託你手下留情！我眞的不是故意的！」

慘叫聲在客廳裡連連拔高。

「靠，吵死人了……」川芎費力地撐開眼皮，覺得外界的噪音吵得他頭都在痛了。到底是誰在雞貓子鬼叫？

只是林家長男無論如何也沒想到，他張開眼，第一眼看到的赫然是一張冷艷清冽的容顏。他一呆，注意力隨即又被對方的白髮白眸攫住，還有那宛如獠牙的銀白花紋。

靠杯……不是吧？

「張、張果？」川芎驚悚地跳起來，手指微顫地指著輕輕頷首的那人。

「葛格！」一見到兄長清醒，莓花立刻激動地撲進他的懷裡。

下意識抱緊自己的妹妹，川芎昏迷前的記憶都回來了。他喉結上下滾動，戰戰兢兢地轉過頭，發現那些都不是夢。不只張果，就連呂洞賓、李凝陽和鍾離權，都性別轉換了。

我靠，這是什麼見鬼的世界！

「這是個總是會超乎我們想像的世界，川芎同學。」薔蜜的聲音從旁響起。

「夠了，妳的冷靜根本是超越銅牆鐵壁等級的。」川芎抹把臉，並不意外見到於沙出現。但緊接著，他發覺現場少了一些人，警覺地問，「主任他們呢？還有韓湘他們呢？」

藍采和與何瓊對視一眼，由藍采和開口，「我們沒找到。我們從四樓一路下來，可是他們的房間都是空的。哥哥，這間屋子不對……」

「這屋子有問題！」川芎急促地打斷對方的話，他不敢相信自己現在才想起來，「藍采和，有東西把我弄昏，那時候所有的燈突然……」

「啪」的一聲，燈光大亮的客廳驀然暗下，伸手不見五指的漆黑降臨在所有人周圍。

「葛格！」莓花不安地驚呼。

藍采和反應快，當即揚聲喊道：「椒炎！」

瞬間，無數細碎火焰浮現，明亮的火光照亮了偌大的客廳。

藍采和飛快地點了下同伴人數，很好，一個也沒少。

「哥哥、莓花、薔蜜姊，你們到我們的中間來！」藍采和手指出現光絲，做好戰鬥準備，她知道事情不會僅僅只有這樣。

果然，彷彿在呼應她的想法，客廳及其他地方的燈光倏地又亮了起來。

然而，已經有什麼不一樣了。

年幼的林家么女抽口氣，眸子瞪大，小臉流露些許畏怕。

「葛格，好、好多蝙蝠……」莓花緊張不安地揪著川芎的袖角。

川芎鐵青著臉，雙眼也緊瞪著天花板。

黑色、黑色，密密麻麻的黑色，一大片蝙蝠倒吊在天花板下，就連四周牆壁也被佔領。乍看之下，如此大量的蝙蝠宛如一片黑潮。

「我太大意了，沒想到你們居然不是人類。」稚氣的小男孩嗓音落了下來，與此同時，倒吊在天花板的一群蝙蝠也拍動翅膀飛下，卻不是要攻擊下方的人們，而是在空中匯聚，轉眼化出一名孩童的形影。

小男孩背後張開漆黑蝠翼，雙眼隱泛紅光，他冷冷地注視著髮色、眼色異於常人的少年與眾多女性。

「雖然不知道妳們當中幾個爲何要假冒男子，我對妳們的變態喜好並沒有多大的……」

「變態你妹啊！你全家才變態！」呂洞賓氣憤地給了空中的小男孩一記中指，「誰假冒男的？靠！我本來就是風度翩翩的瀟灑美男子！」

「不過現在是女的。」李凝陽若無其事地翻找香菸糖。

「凝陽，你不吐槽我會死嗎？」呂洞賓垮下了臉。

「不，沒人覺得要吐槽的不是那點嗎？」川芎緊緊皺著眉。

「嗤，有看過自戀的，沒看過像你這麼自戀的。」於沙不屑。

莫名遭到無視的小男孩臉色青白交錯，他捏緊拳頭，肩膀微微顫抖。

「不要太過分了……」他咬牙切齒地低語，「管你們是男是女，是人是妖，交出你們的精氣，然後乖乖地給我失去意識！」

小男孩張嘴發出尖嘯，雙眼赤紅，所有蝙蝠隨之騷動。

眼看那些數量龐大的黑色生物就要展開攻擊，一聲大喝驟然響起。

「莫莫快住手！」

莫莫的身體震了一下，雙眼裡赤紅稍減，倒吊在天花板上的蝙蝠也跟著停止騷動。

原形是蝙蝠妖的小男孩轉過身，看著頭頂微禿的老莫自地底冒出半截身子，接著整具身體露了出來。

「莫莫，夠了，住手吧。」老莫嘆氣道：「這些人不是什麼尋常人，硬碰硬下去，踢到鐵板的只會是我們。」

語畢，老莫又看向客廳中央的川芎等人，他摸摸腦袋，「抱歉哪，年輕人，我們沒什麼惡意，本來只是想嚇嚇你們……沒有要傷人的意思。」

「老莫，你說那什麼鬼話！」莫莫氣惱地大叫，「你就這樣放棄不幹了嗎？你忘了我們還有人質嗎？」

人質？東海主任他們！川芎等人心裡一緊。

「咳，你說人質的話……」老莫語氣突然變得有些吞吞吐吐，「其實啊，莫莫，我正想跟你提人質的事……呃，就是……」

「就是人質已經換人當啦。」清脆悅耳的少女嗓音從樓梯處傳來。

莫莫大駭，猛地扭過頭，見到一名藍髮金眸的清麗少女噙著笑，一步步地走下來。她食指豎起，輕輕轉著旋，指尖有水流流轉，並且一路向後延伸。

莫莫呆住了。

少女身後，是跟著走下來的莫先生、莫太太和小莫。他們的雙手都被一條水製鎖鏈綁住，而在他們之後，則是其他幾名應該要是人質的身影。

莫莫瞳孔收縮，不敢相信地瞪著後方變成紫髮紫眸的纖弱少女。

這是怎麼回事……連她們倆，原來也不是人嗎？

「哎呀，這個該怎麼說呢？」莫先生傷腦筋地哈哈一笑，「因爲兩位小姐比我們還要厲害，就換我們當人質了呢。」

「你們……小莫……」莫莫怔怔地望著眾人。

「我們也沒打算要你們當人質多久，只是要你們幫忙引個路而已。」余曉愁輕彈一下手指，所有水瞬間化爲烏有，登時還給莫先生他們自由。

「雖然你們的嚇人手段是有點惡趣味，不過沒眞的傷害我們就算了。況且，比起這個……」余曉愁看看客廳裡四名髮色各異、氣質也各異的美麗女子，再回頭看看後方的紫髮少女，「阿湘，我想你可能要保重了。」

「噫！這、這跟我沒關係的！」韓湘也望見被性轉的四名同伴，她抖得像風中落葉，聲音發顫，「我明明有做、有做提醒的……這眞的不是我的錯啊！」

「我知道不是你的錯，因爲錯的是某個腦袋離家出走的笨蛋。」李凝陽輕描淡寫地說。

「喂，凝陽，你這是人身攻擊。」呂洞賓抗議。

「天啊！沒想到七個人都性轉了！我好想拍照，曉愁，我眞的眞的超想拍照的！」方奎難忍興奮與激動。

「你會被宰的，方奎。」余曉愁警告，要他想清楚那七人中可是有一個冷酷無情的張果。就是知道這點，方奎才一直拚命忍耐。

「東海，阿權眞的變女的呢，身材也好好。」朝顏好奇地跑至鍾離權身邊打轉，甚至還忍不住伸出手，不過怕無禮，又忍住了。

「朝顏小姐，妳可以摸摸看沒關係的。」鍾離權溫柔地笑著，典雅的氣質讓朝顏不禁被迷去心神，「主任，倒是請不要趁機拍照。要的話，就幫我跟朝顏小姐還有小瓊合拍一張吧。」

「沒問題！」東海主任興致勃勃地一口答應，手機鏡頭對準三人，接著又忍不住說道：「阿權，你和小瓊站一起眞像姊弟戀的情侶呢。」

鍾離權微微一笑。

莫莫就像是感到荒謬地望著這一切。

事情不該是這樣的……大夥不是該像平常一樣嚇昏人類，吸食一些精氣，然後再開心地說著自己的嚇人手法嗎？

但看看現在的情況——

老莫湊到那名人類老者身邊，兩人興高采烈地交換唱歌心得。莫先生和莫太太被戴眼鏡的人類少年和女子圍住，似乎也在高興地聊著什麼。還有小莫，他最重要的小莫……

爲什麼她也開心地靠近人類？偶爾還偷看那名粉紅髮色的少年好幾眼。

莫莫感覺自己被人遺忘了，明明他與小莫他們才是一家人，爲什麼這些傢伙搶走了他們的注意力！

莫莫咬緊牙根，雙眼不知不覺又變得赤紅。

那是他的、是他的……他不允許有誰搶走他的家人！

藍采和等人驚覺天花板的蝙蝠再度躁動起來時，一抹黑影已迅雷不及掩耳地飛掠而來，如同一陣黑色旋風，眨眼竟欺近來不及防備的何瓊，一把將人擄走。

「小瓊！」

「莫莫你做什麼！」

誰也沒想到會橫生枝節，眾人愣然地看著長有蝠翼的小男孩抓著何瓊，懸浮在空中。

「莫莫，你還不把人放開！」老莫嚴厲地怒喝。

「不。」莫莫卻擠出了一個字，他扭曲秀氣的臉蛋，一手挾持何瓊，一手置於對方頰邊，指尖冒出尖銳的勾爪，「爲什麼我要？」

莫莫的表情像哭又像笑，手指更加靠近何瓊，爪尖在那張俊俏臉上輕輕劃出一條紅痕。

那是極細小的傷口，甚至連傷也稱不上，但川芎卻覺得自己的呼吸要停了。

「王八蛋！你這死小鬼他媽的竟然敢！」名爲「理智」的神經乍然斷裂，顧不得自己只是人類，川芎憤怒地紅了眼，一個箭步就要衝上，卻有兩隻手臂自後按住他的肩膀。

「阿林，這事請交給我們，你對小瓊也很重要。你受傷，小瓊會難過的，而我永遠不想見她難過。」呂洞賓的語氣依舊開朗輕快，但一雙碧瞳卻讓人凍徹心扉。

「有人踩到洞賓的逆鱗了哪。」李凝陽低語。

「我贊同洞賓的話，川芎。」另一隻手的主人是鍾離權，她滿臉溫和笑意，但看向莫莫的眼卻是冷的，「我不管你是否年歲尚小，即使是孩子，也該知道什麼事能做，什麼事不能做——風生兩儀，聽我令，疾！」

鍾離權手中不知何時握住芭蕉扇，扇面迅速一揮，瞬間玻璃碎裂的聲響齊齊響起，狂風自窗口呼嘯湧進，風聲竟像是悲鳴喊叫，好不驚慄。

莫莫從沒想過對方有如此強大的力量，連閃避都來不及，他手中的何瓊已被一束風捲走，而他自己則是被風勒纏住身軀、四肢。

「莫莫！」小莫尖叫出聲，她小臉煞白，豆大的汗珠染濕了額角。

「道法陰陽，森羅萬象，黑天生雷，雷隨我意！」呂洞賓左掌匯聚青光，手背上的日輪圖紋同時散發光芒。

不待藍采和急喊阻止，她已一掌拍落地，「墜！」

彷彿撕裂黑夜的雷鳴驟響，屋外登時亮如白晝，下一剎那卻是另一道雷響轟然砸下，直劈屋宅。

碧青色雷電貫穿屋頂，打碎了一塊天花板，筆直地落在客廳。

眾人只覺眼前熾亮，閉眼間卻聽聞一聲淒厲無比的尖叫拔起。

不是莫莫，是小莫！

「什麼！」呂洞賓大吃一驚，即刻中止術法運轉，「不可能，我根本誰也沒鎖……！」

呂洞賓的聲音生生卡住，她睜大碧眸，看著跪在地板上抱頭尖叫的小莫。

小莫的身體輪廓逐漸潰散，一點一點的光點往上飄升，同時帶走她身軀的一部分。

她的手指已經不成形狀，彷彿風一吹，便再也維持不住地散逸。

鍾離權也怔住了，她與呂洞賓的攻擊看似嚇人，但實際上並無傷人之意。

莫莫毫髮無傷，爲什麼快消失的卻是小莫？

「小莫！小莫！」感覺身上束縛被解開，莫莫跳至地面，蒼白著臉，跌跌撞撞地衝向小莫。他顫抖著雙手，卻又不敢貿然碰觸，只能發出近似悲鳴的聲音。

「小莫！」莫先生、莫太太及老莫也心急如焚地圍過去。雖然他們沒有血緣關係，但多年相處下，他們早已是一家人。

「小莫！爲什麼……」莫太太哭泣著，眼淚控制不住地流下來，「誰來幫她？誰來幫幫她！」

「不可能，這沒道理的……」呂洞賓茫然地搖著頭。她和鍾離權誰也沒有攻擊到任何人，她們唯一破壞的只有這幢屋子。

屋子……難道說！呂洞賓不敢相信地倒抽一口氣，明白是怎麼回事了。

那名小女孩，小莫，她根本不是什麼幽靈——

「阿權，那孩子是這屋子的守梁！」

守梁，守護之梁。

換言之，就是這屋子的低階守護神！

「果然如此！」鍾離權立刻再揮動芭蕉扇，所有破裂的玻璃竟在剎那回歸原位，拼湊完整，然而依舊無法治癒本體受損的小莫，「小藍、阿湘，拜託你們了！」

「知道！」

「沒、沒問題！」

藍采和與韓湘沒有猶疑，立即出手，水藍色光芒和紫色光芒交織，飛也似地鑽進小莫體內。

小莫尖叫聲減弱，逐漸轉成急喘的呼吸聲。

莫莫睜大蓄滿淚水的眼，像是無法相信自己眼前所見——小莫的身體已停止崩潰。

「真的很對不起，是我和洞賓的錯。我們竟在不察之間，破壞了妳的身體。」鍾離權在緊抱著自己的小莫身前蹲下，淺黃的眼盈滿歉疚，她舉起手，掌心置於小莫頭頂，溫暖黃光溢出，覆上了小莫全身。

凡是光芒經過之處，那些破碎的部分全被修補完整。

莫先生等人看得怔然。這是多麼不可思議的一幕，不到一刻，小莫就像什麼也沒發生般，安然無事。

「我……我……」小莫似乎還沒辦法理解現在情況，她坐在地上，茫然地看著自己一如往常的雙手，隨後一股力道撲向她。

「小莫！小莫！」莫莫用力地抱住她，眼眶泛紅。

莫先生和莫太太也忍不住偷擦了下眼淚。

見到眞實身分是守梁的小女孩安然無事，呂洞賓不禁鬆了一口氣，跌坐進沙發裡。從旁遞來一根香菸糖，她抬頭看了好友一眼，這次沒有拒絕。

「等一下，所以這小女生是守梁？不是什麼幽靈？」川芎錯愕地望著被其他幽靈圍住的小女孩。

「但她怎會不知道自己的身分？」方奎納悶地搖搖頭。他們碰上小莫時，小女孩還認爲自己是鬼。

這個問題，家中也有守梁的林家長男率先想到答案。他望向同樣想到了答案的青梅竹馬，在薔蜜眼中果然看見了然。

川芎按著額角，嘆了一口氣。守梁雖是低階守護神，但時間一久，據說便容易忘記許多事……噢，看樣子不是據說了。

「請問你們說的守梁是……」莫先生當鬼的時間不算太長，一些事不是很清楚。

「屋子的守護神。」開口的人是莫莫，他眼眶雖然微紅，但臉上表情已回復原本的倔強冷然。

莫莫畢竟是蝙蝠妖，知道的事比一般人多一些，也曾聽過守梁的通病就是健忘。他謹慎地打量呂洞賓等人，從對方剛剛展現的力量，他徹底明白這一行人來歷絕不簡單，甚至可能超乎想像。

「你們……」

「莫莫！」小莫忽然輕推著他，大眼睛寫滿堅持。

莫莫自然知道對方想說什麼，他抿了下唇，對著面前的眾人低下頭，「對不起，方才是我太過衝動……」

「別放在心上。」稍早前被挾持的何瓊卻笑盈盈地說道：「我是說眞的，這種小事不用放在心上。」

「反倒是我們該檢討，我們出手有些太不知輕重了。」鍾離權嘆息似地苦笑，「幸好，幸好沒眞的傷到守梁。」

「本來是叔叔的大姊姊，所以你們是什麼人？」見到莫莫道歉，自己的身體也沒事，小莫睜大滴溜的眼睛，按捺不住好奇地問道。

「叔叔？」呂洞賓像是受到震驚，「不應該是英俊瀟灑、玉樹臨風的哥哥嗎？」

「得了，洞賓，人家沒喊你阿姨，你就要偷笑了。」李凝陽不冷不熱地說道，無視臉色僵住的好友，正要再咬下一截香菸糖，倏然間，她停下了動作。

她直直望著像是拼圖拼貼的玻璃窗，赤紅眼瞳平靜卻凌厲。

她說：「有沒有人願意告訴我，窗外那一大片白茫茫，是霧嗎？雖然我不認爲正常的霧會有眼睛、鼻子、嘴巴。」

捌

客廳內所有人反射性看向窗外。

隨後川芎受到驚嚇地低罵一聲「靠」，大手更是迅速一把捂住自己妹妹的眼睛，不讓她直視那些與其說是霧，更像一條條白色人影的東西。

「該死的，這又是什麼鬼？」川芎惱怒地咒罵。

「就是鬼。」張果淡淡地說，即使現在是女性的聲音，依舊缺乏感情和起伏。

川芎愕然地瞪著那張冷艷的臉龐，似乎懷疑自己是不是聽錯了。

「姓林的，你沒聽錯。」於沙看著擠在窗外的白影，咧出森冷白牙，「那些全都是鬼。眞沒想到這裡藏了那麼多隻，我們卻誰也沒發現？喂喂，這地方要是沒問題，老子的名字就倒過來寫。」

「倒過來寫不是沙於？跟你的原形還不是一樣？」眾人中，不知誰這麼吐槽。

於沙惱羞成怒地想抓出說話之人，卻被薔蜜一把揮開。無視那隻像要噴火的碧眸，薔蜜直接看向在場可能知情的莫先生等人。

「我想，我可以請問一下現在的情況？」

「再拖拉著不講，乾脆一把火全轟出去好了。」坐在藍采和頭頂的椒炎揚高不馴的眼，唇角扯出冷笑。就如他所說，他攤開的掌心內確實浮出一簇騰騰火焰。

火焰刹那變大，成爲一顆碩大火球。

眼看火球似乎眞的要扔往窗外，莫先生變了臉色，急急大叫道：「慢著！請不要對他們出手！他們和我們一樣，也是生活在森林內的鬼！」

「親愛的說的沒錯，他們只是要來這躲避一晚的！」莫太太也說道。

「躲避？」方奎狐疑地問。

「一晚？」余曉愁將話接下去，「鬼也要躲避什麼嗎？你們還是快把事情說清楚！」

水族少女像是沒了耐心，指尖往空中一繞，一束水流旋轉生成。

窗外白影們似乎感到不安地退了一丁點距離，顯然是忌憚屋內的水與火。

「先等等。」藍采和出聲阻止，她向余曉愁輕搖搖頭，「曉愁，還是讓他們先進來再說吧，然後再一次問個清楚。」

余曉愁沒有意見，她聳聳肩膀，食指再一繞，水流消失無蹤。

至於椒炎的火焰，早在藍采和開口時便完全熄滅了。

聽聞藍采和這麼說，莫先生、莫太太與老莫連忙呼喊屋外的幽靈，要他們放心進來。

但那些白色人影你看著我、我看著你，竟是一再猶豫，間或飄來一些模糊話語。

「好可怕……」

「他要來了……」

「要進到屋內……」
「好可怕，屋子裡也好可怕……」
「好可怕啊，那個白髮的……」
白髮？頓時數雙眼睛全落向客廳唯一的白髮人影身上。
張果面無表情，銀白瞳孔宛如冰冷荒原，對屋外的竊竊私語及屋內的諸多視線全然不爲所動，周身氣勢冷徹凍人，令人望之生畏。
「哎，原來是因爲果果。」這下子，藍采和倒是明白幽靈們的猶豫不決，她也能體會這種感受。
恢復仙人姿態的張果，連存在都是一種壓迫。
「喂，你不能變回乙殼嗎？」川芎皺著眉。說實在話，他也不習慣見到張果此刻的模樣，如果回復乙殼，黑髮小蘿莉總是比白髮冷艷御姊好一點。
「變不回去。」張果簡潔地說。
不是不變，而是無法變。
川芎都想咒罵韓湘發明的是什麼藥了。
彷彿無形中感受到怨念，紫髮少女抖了抖，縮到方奎和余曉愁身後。
「沒辦法了。」藍采和傷腦筋地嘆了一口氣，能體會歸能體會，她可沒耐性看那些幽靈用互相猜拳決定該不該進到屋內。

不再多說什麼，藍采和忽地伸手探進心口，迅速取出一團紫紅色光球。

「紅李，拜託妳了。」

「交給我吧，主人！」話聲落下的同時，光球也化出人影，紫紅眸色的黑髮少女咧出高傲一笑，手中等身高的餐刀立即拄地，發出重重聲響。

紅李再次以餐刀拄地，接連的敲擊聲如同一道看不見的音浪，迅速擴散出去。

就連莫先生他們也彷彿被拉扯了過去。

「主人要我管的可不是你們。」紅李一揮手，莫先生等人登時一個激靈，發現拉扯他們的吸力消失了。

緊接著，紅李餐刀俐落揮指向前，她傲氣一笑，紫紅色眸子熠亮生光，「聽我命令，你們這些傢伙給我乖乖地滾進來！」

不可思議的事發生了。

原本還在忙著猜拳的白色人影們，一個個如同被攝去了心神，聽話地由外飄進。

「男的站左邊，女的站右邊，統統面壁向後轉！」紅李一聲令下，所有白色人影眞的依言而行。

就算知道紅李的能力是操縱鬼魂，見到這一幕的川芎等人仍覺得開了眼界。

而從不曾見過此種場景的莫先生他們，更是目瞪口呆。

即使是身爲蝙蝠妖的莫莫也費了好一番力氣，才終於擠出聲音，「你們……究竟是……」

話還沒問完，一聲足以撼動整幢屋子的聲響驀然衝進眾人耳朵內，就連地面也跟著晃動，垂吊在天花板下的吊燈擺晃了好幾下。

「地震！葛格，有地震！」還被捂著眼睛的莓花反射性拉開川芎的手，圓圓的眼睛有點慌張。

「不是，不是地震。」川芎抱著妹妹，警覺地東張西望，想找出是什麼造成的。

最先發現原因的人是呂洞賓，她無意間抬起頭，接著視線就這樣死死定住了。

「我靠……不至於吧？」總是維持優雅風度的綠髮仙人，罕見地罵了句髒話。

聽見低罵的李凝陽轉過頭，注意到對方顯然正望著什麼。

李凝陽也抬起頭。

這個動作就像連鎖反應，很快地，大家全仰頭向上望。

遭呂洞賓的雷電砸出大洞的屋頂並沒有被修補，所以客廳眾人能毫無阻礙地從一樓一路遙望至屋外。

銀色月亮照耀下，屋頂大洞邊，正俯探進一張漆黑大臉。

「那是……什麼？」

川芎乾巴巴地開口了，他仰得脖子都痠了，但目光卻不敢移動。

廢話，頭頂就趴著一張像是吃人妖怪的大臉，誰還敢移動啊！

「好、好大的臉……」莓花小小聲地說，小手緊抓兄長的衣服。
「怎麼辦？我好想拍照……噢，痛！」說話的是方奎，然後打人的是他的女友。
「那個東西……那個東西給人好恐怖的感覺……」朝顏嗓音微微發顫。她不知道爲什麼，可是被那雙銅鈴大眼盯著，令她產生像是砧板上的魚的錯覺。
「那傢伙……」老莫困難地嚥嚥口水，語氣透出畏意，「叫作呑魂，專門呑吃我們這些鬼魂的……大惡鬼。」
「鬼也會吃鬼嗎？」薔蜜臉上浮現驚訝，她第一次聽到這種事。
「怎麼不會？妖怪都會吃妖怪了，鬼當然也會吃鬼。」於沙撇了撇唇，「有些鬼專挑弱小的鬼吃，好增加自己的力量。啐，要力量就自己拚命，這種做法不過是邪魔歪道。」
「所以才會被稱爲惡鬼。」何瓊接著說，「還有一種也會呑魂魄，叫作食人鬼，不過呑的是生魂，和一般幽靈不太一樣。現在這位，看樣子並不是所謂的食人鬼了。」
「莫先生，其他鬼想躲避的，難道就是它嗎？」藍采和盯著上方的漆黑大臉半晌，椒炎與紅李警戒地守在她身邊。但很快地，藍采和察覺到一絲異樣，那隻被稱爲「呑魂」的惡鬼並沒有什麼動靜，就只是拿一雙嚇人大眼自外窺視，彷彿是靜待獵物出現的狩獵者。
莫非……
「它看不到我們？」
「呼……是、是的。」莫先生抹了把冷汗，終於把脖子垂下，「抱歉，一時嚇到忘記跟大家說明，毋須太緊張。」

「在這房子裡，吞魂沒辦法看見我們，也沒辦法硬闖進來。」莫莫握著小莫的手，「以前我們以為是這屋子有什麼獨特的力量，現在才知道，原來是這裡有守梁，是小莫的力量保護了我們。」

「原來我這麼厲害？」小莫驚奇地嚷，小臉上忍不住有絲得意。

這可愛的模樣，倒是令客廳內的緊張氣氛消除不少。

「總而言之，這裡除了你們之外，還有其他鬼跟那隻叫吞魂的大惡鬼？」既然知道對方看不見裡面，川芎乾脆也低下頭，一邊揉揉莓花可能發痠的小脖子，一邊努力無視上方的漆黑大臉。

莫先生、莫太太、老莫，以及小莫和莫莫，不約而同地點點頭。

「照那些幽靈們剛才說的……」薔蜜指指仍乖乖面壁的白色人影們，「他們都是要到這屋子躲避吞魂。還有，你們提到了一晚，因此我可以這樣假設嗎？」

薔蜜輕推鏡架，冷靜犀利地說，「吞魂的出現其實有規律性，只要時間一到，這地區的幽靈就會前來此地尋求庇護？」

從莫先生他們吃驚的表情來看，可以知道薔蜜的推論沒有錯。

看著這一幕的於沙不禁有些驕傲和得意。看吧，這可是我喜歡的女人！

「確、確實是這樣沒錯。」莫先生清清喉嚨，「老實說，我們也不清楚這屋子是怎麼回事。它好像有辦法遮蔽我們這些鬼魂的陰氣，同時也能讓人察覺不到任何異常……用現代一點的說法，我想可以稱爲磁場混亂。」

「呑魂是後來才出現的，它似乎把這當作進食的好地方。」莫莫越說，聲音越咬牙切齒，「每當夜晚降臨，它就會開始尋找獵物，但誰也不知道它是晚上的何時開始行動。因此只要一發覺不對，其他幽靈就會躲進我們家，直至天亮。」

「不過大家不用太擔心，只要天一亮，它就會自動消失的。」莫太太總結笑道。像是要讓眾人更加放鬆，她說道，「我去切點水果給大家吃吧，再泡一壺茶。」

「請讓我也幫忙。」朝顏自告奮勇地隨同莫太太走向廚房。

而在眾人之中，仍有人繼續觀察著呑魂的動靜，例如鍾離權，例如韓湘。

朝顏離開位子的那瞬間，她們清楚看見呑魂的眼珠子竟然轉動了。

起初鍾離權二人沒將兩者連繫在一塊，直到她們發現呑魂的眼珠越來越往右邊移動，簡直像在追隨什麼。

鍾離權與韓湘下意識看向右邊，映入她們眼中的就只有莫太太及朝顏的身影。

「慢著！」鍾離權心中一凜，迅速喊住她們倆。

莫太太和朝顏停住，困惑地回過頭。

「阿權，怎麼了嗎？」東海主任一頭霧水地問道。

「阿湘，你仔細觀察。」鍾離權先是低聲叮囑韓湘，接著才又說道；「朝顏小姐，可以請妳走過來嗎？」

朝顏面露困惑，但仍舊依言照做。

鍾離權的本意是想證實呑魂的視線究竟是因何而動，而在她聽見韓湘顫顫地喊著她的名字時，她的心頓時一沉。

鍾離權仰高頭，呑魂的目光正落在朝顏身上。

換句話說……

「阿權？」何瓊注意到鍾離權表情有異，也抬頭往上看去，只不過在他看來，呑魂仍舊是盯著客廳中央。

「我想，莫先生的說法可能要打點折扣了。」鍾離權看見呑魂的手指抓在洞口邊，「還要麻煩大家聽我的話，現在、立刻——退到旁邊去！」

鍾離權驀然厲聲高喝，同時兩隻手扯過東海主任與朝顏。

即使不明白緣由，可藍采和等仙人是與鍾離權共處千年歲月的同伴，沒多加思索，他們瞬間採取行動。

莫先生幾個卻是慢了半拍，等到驚覺不對時，那隻攀抓在屋頂洞口的漆黑大手已朝客廳中央疾探下來。

「不可能！」莫先生震驚地大叫。

「還不快退！」莫莫怒斥。

「等、等一下！我的腦袋！」老莫的頭顱在這時滾了下來，不偏不倚滾至中間。

眼見那顆可憐的腦袋就要被大掌壓成稀巴爛，危急之際，一面銀網快一步撒出。

那是由諸多銀絲交錯而成的防護之網。

藍采和手拉光絲，硬生生攔阻下那隻大手。

老莫趁這機會，慌張地把自己的頭撿了回來。

「還不退去？」站在一邊的李凝陽漫不經心地將夾在指間的香菸糖往前一劃，一束火焰剎那湧現，快如箭矢地射向那隻漆黑大手。

高溫灼痛了香魂，它扭曲黑色的大臉，手臂跟著飛快縮回。

香魂發出一聲氣憤的咆哮，身形隨即消失在屋頂的大洞外。

「離……離開了嗎？」老莫心有餘悸地問，他用力地將頭接好，免得再次滾落。

「不知。」李凝陽淡淡地說，豎長的赤色瞳孔直盯屋外。

由於受到此處的天然干擾，她無法憑感覺判斷，也沒辦法輕易看破僞象。

「這太、太奇怪了……」莫先生結巴地說道：「照、照理說，香魂進不來也看不到我們，爲什麼……怎麼回事？」

屋子的突然搖晃令莫先生忍不住驚叫。

這是比剛才的震動還要猛烈的搖晃，所有人不得不蹲下來，因爲這間屋子就像被人抓著猛烈晃動一樣。

許多沒有固定的物品紛紛砸碎在地，劈里啪啦的聲音不絕於耳，掛在上方的吊燈在猛烈擺晃，彷彿下一刻就會掉落下來。

不，吊燈眞的掉下來了。

「哇啊！」目睹這一幕的小莫尖叫。

莫莫雙眼紅光一閃，眾多蝙蝠瞬間出現，抓住了吊燈，使之慢慢降至地面，避免傷害到任何人。

屋子的搖晃仍在繼續。

「親愛的，這究竟是怎麼回事？」莫太太縮著身體，心慌地喊。

「我不知道，親愛的……」莫先生比誰都想知道原因。

既然有守梁，有小莫的保護，爲什麼……莫莫護著小莫，飛快地東張西望，他抽了一口氣，看見窗外貼著大片黑影。

呑魂根本沒有走，正是它抓著屋子搖！

驀然間，一切震動停了下來。

下一秒，小莫竟發出痛苦的悲鳴。

所有人都看見了，屋頂居然被呑魂抓下大半！

從貫穿四層樓的大洞往上一望，可以清楚看見呑魂的大半模樣。那是一隻巨大漆黑的惡鬼，面目猙獰，口生獠牙，銅鈴般的大眼燃著青光。

「好痛！好痛！」小莫弓著身子，疼得眼淚都流下來了。

「小莫！」莫莫心急如焚，一張小臉更是褪成蒼白，「小莫！」

「抱歉，要請守梁小姑娘再忍耐一下了。」呂洞賓繃緊聲音，手裡抓著一柄不知何時出現的鋒利長劍，「是我們的錯，我們方才誤傷她本體時，也使得她的力量和防禦大幅減弱，才會讓那惡鬼有機可乘。」

「洞賓，我們最好速戰速決。」鍾離權神情嚴肅，周圍隱隱有淡色氣流環繞，「小瓊，妳可以也幫我忙嗎？」

「那還用說嗎？」何瓊伸手往虛空一抓，柳葉刀立即握在掌心，「吞魂最喜純淨又帶有力量的美味魂魄，我不會讓它動到朝顏小姐的。」

朝顏？那位穿白衣白裙的黑髮女子？莫先生等人愣然，不明白怎會與對方扯上關係。對方明明……是人類啊！

在莫先生等人驚愕之際，呂洞賓、鍾離權與何瓊已出手了。

察覺到危險的吞魂發出威嚇的嘯聲，黑色大手揮下，迎上三道攻擊。

雖然吞魂是實力不弱的惡鬼，然而碰上的卻是三名仙人，立刻分出力量高低，被擊得連退數尺。

從屋外傳來的震耳聲響，不難猜出它撞倒了多少樹木。

呂洞賓等人當下想乘勝追擊，可就在他們準備飛起時，竟瞬間感到體內力氣像被掏空。

錯愕才剛閃過他們眉眼，下一秒，呂洞賓、鍾離權、何瓊三人紛紛跌落在地，手中持握的武器也化爲半透明，接著消失無蹤。

不僅如此，三人的外貌也發生變化。墨黑重回到他們的眼眸與髮絲，手背、頸間，以及眉心間的花紋隱沒，緊接著就連他們的體型也在改變。

只一眨眼，地板上跌坐著的已變成兩名黑髮男子及一名綁著雙馬尾的黑髮少女。

赫然是回復性別，並且回歸乙殼姿態的呂洞賓、鍾離權、何瓊！

莫先生等人一時像是忘記屋外還有吞魂，小莫也彷彿暫時忘了疼痛，五雙眼睛全怔怔地看著客廳中央，接著他們再慢慢地轉過頭，瞪著藍采和等人。

藍髮少女和紫髮少女都變成了黑髮少年，紅髮女子變成黑髮男子，而白髮女子竟是變成了黑髮小男孩！

「我……老頭子我這是在作夢嗎？」老莫不敢置信地揉揉眼睛，覺得這一幕實在太過匪夷所思。

「主人……你變回來了？」紅李呆然地說，一旁的椒炎也是相同表情。

「阿湘！」藍采和反應快，愣怔一瞬後立即回神，他撲過去抓住想躲到方奎和余曉愁身後的韓湘，雙手緊緊揪住他的衣領，「爲什麼我們會同時變回來？我們吃的時間不是不一樣？」

「我我我……」韓湘被勒得差點不能呼吸，他眼神心虛地游移，「其、其實我也不知道……可能是東西放久了，吃下去的藥效會減弱，也可能是大家代、代謝的速度不一樣吧。」

「喂喂，先別管這個，外面那隻還沒解決吧？」川芎可說是所有人中最理智的，他的一句話頓時解救了韓湘。

「晚點再跟你算總帳！」藍采和朝韓湘露出看似溫和，實則殺氣騰騰的猙獰微笑。無視對方煞白一張秀氣的臉，藍采和從口袋取出乙太之卡，打算加入解決呑魂的行列。

「吾之名爲——」

不僅藍采和，呂洞賓、鍾離權、何瓊也不約而同取出乙太之卡，迅速唸出解除乙殼的咒語。

「現在要求解除乙殼，應許．承認！」

數道話聲同時落下，外形肖似國民身分證的乙太之卡霎時流轉七彩流光，但光芒卻在下一瞬完全消逸。

什麼事也沒發生。

藍采和等人呆住，一旁的人類組不禁也呆住了。

「不……不能變身？」呂洞賓震驚大叫，「這是在搞什麼鬼！」

「吾之名爲李凝陽，現在要求解除乙殼，應許．承認。」李凝陽也抽出自己的乙太之卡，可情況與他的同伴們一樣。

「張果，你呢？」川芎急忙問向身邊的小男孩。

張果搖搖頭，聲音平淡，「不行，剛試過。」

「靠，不是這樣的吧……」川芎啞然。

就像覺得此刻情況不夠混亂，一聲憤怒咆哮乍然響起，伴隨而來的是震動地面的沉重腳步聲。

是吞魂，吞魂再次逼近了！

「阿湘，你再不交代清楚是怎麼回事，我跟小藍都會對你不客氣的唷。」何瓊露齒一笑，笑容甜美，可眼內卻是騰騰殺氣。

韓湘嗚噎一聲，身子顫抖，「噫！我真的不知道……雖然可能是因爲強制讓人解除乙殼，持續維持眞身的關係，所以才會產生反彈效果，變成這樣那樣，最後暫時變不回去眞身……這都只是可能！絕對不是眞、眞的就會是這麼回事的！」

不論是仙人或人類或水族都沉默了——明明就是這麼一回事了，混帳！

「沒辦法，阿湘你之後可是要請我跟方奎吃一頓大餐的。」余曉愁伸手摸了下自己的海藍髮絲，周身逐漸冒出半透明的水色泡泡。

「啐，老子是勉強看在張薔蜜的份上才出手的。」於沙大手一抓，握住了氣勢威猛的三叉戟，腳下平空湧現水流交纏。

紅李和椒炎本也想出手，可藍采和在瞄見呂洞賓的動作後，忽地阻止了他們。

吞魂的腳步聲越來越近，當它的身影再度出現於上空時，余曉愁和於沙皆已凝好力量，蓄勢待發。

沒想到呂洞賓卻忽然出聲，阻止了兩位水族，「你們兩個先等一下。」

「啊啊？」於沙不悅地睨向對方，「難不成你要上？」

「唔，那我可能就眞的要跟這世界說再見了，我現在畢竟是乙殼嘛。」呂洞賓像是傷腦筋地說道：「我只是突然想到還有一個更快的辦法，不只能解決呑魂，還可一勞永逸。而且你們倆都是水族，水屬陰，與呑魂打起來，恐怕也無法一舉將它消滅。」

「所以呢？到底是用什麼方法？」於沙失去耐性，三叉戟乾脆指向呂洞賓。

「只要打通電話就可以。」毫不在意自己被人用三叉戟指著，呂洞賓露出胸有成竹的自信笑容，晃晃手中的手機。

起初，眾人都不知道呂洞賓葫蘆裡是賣什麼藥，直到呑魂的大手再次探進，直到客廳、屋外瞬間瀰漫大股冰冷霧氣，甚至挾帶著陣陣陰風吹來。

在這座森林待了多年的莫先生他們，一下子便發現這霧與他們此地的霧氣截然不同，吹起的陣陣陰風更是連他們這些幽靈都覺得凍徹心扉。

呑魂似乎敏銳地察覺到什麼，它的手在半空停下，漆黑大臉浮現一絲緊張、一絲不安。

「怎麼突然變這麼冷？」東海主任搓了搓手臂，縮下身體，隨即他注意到朝顏緊偎著自己，秀雅的臉龐流露怯意。

「眞的好冷……」方奎也抱著自己。

「薔蜜，難道說……」川芎曾經體驗過這般感受，他緊攬著莓花，屏氣望著與自己有相同經歷的薔蜜。

「跟那次很像。」薔蜜輕聲地說。

下一剎那，詭異的霧氣裡竟響起鐵鍊撞擊的聲音。那聲音就像一條鞭子，重重地抽至所有幽靈心頭上。即使是遭到紅李操控的白色人影們，也像受到驚嚇般地一震。

緊接著，鞋跟踩在地面的俐落聲響從霧氣裡傳來，一抹高挑人影也一步步走出。待人影完全步出白霧，顯現在眾人面前的是一名體態纖細的長髮女子。身上穿的古風服飾勾勒出對方姣好的曲線與那雙筆直的長腿。肩披白色大衣，臉上戴著色彩鮮艷卻又詭譎的臉譜面具。

「咦？」川芎愣了一下，他確定自己不曾看過這號人物。

「你居然找了這人過來……」於沙驚訝地咂下舌。從他的反應判斷，顯然他也知道對方身分。

「她是誰？」余曉愁的見識不若於沙廣，納悶地問道。

「曉、曉愁。」韓湘將余曉愁拉過來，對著她和方奎比出一個噤聲的手勢，「噓。」

髮長過腰的女子望望四周，再抬頭朝上一看。

「把我找到這來，就是因爲這個嗎？」清冷的聲音逸出，女子摘下臉譜面具，露出一張英氣逼人、氣質卻冷漠的臉孔。

「啊哈哈，反正這也算是你們的工作範圍嘛，梁炫。」呂洞賓笑咪咪地說道：「不過就當我欠你們一次人情吧。」

「呂大人，這份人情我會確實記下的。」被稱作「梁炫」的女子淡然說道，也不與呂洞賓客氣。

從她對呂洞賓的稱謂來看，可以知道她的位階較低，然而她的態度卻漠然高傲。即使周遭還有六名仙人，她也未曾表現任何恭謹的禮節。

女子挺直著背，向前再踏出一步，接著張開掌心，黑霧瞬間竄湧。

女子的細長雙眸閃過凌厲，「妄自吞食他魂，當眞以爲藏身在這就能安然無事嗎？吞魂之鬼，隨我歸返地府，等候我主發落！」

黑霧轉瞬暴漲增大，飛也似地往上疾竄，分裂出無數枝條，旋即實體化成漆黑的鎖鍊，纏縛住吞魂巨大的全身。

吞魂彷彿直到這時才從方才的震懾回過神來，發現全身遭縛，它奮力地掙扎，想要掙脫束縛。

但女子豈會讓它如願，她鞋尖一蹬，迅雷不及掩耳地直躍空中，披在身上的白大衣如同張開的白鳥羽翼。

客廳裡的眾人都能清楚看見那件白大衣上，用黑線繡著蒼勁有力的三個大字——城隍命！

「城……城隍命？」余曉愁張口結舌，「等一下，難道說她是地府的人？但那三個字……」

「原來傳聞是眞的。」於沙低聲地說，「聽說地府城隍的身邊，有一群將她當寶的變態將軍。」

「簡單說是城、城隍控喔。」韓湘細聲補充，「小城的八位將軍統統都一樣。」

「這還眞是……」方奎驚嘆地喃喃，有種大開眼界的感覺。

這番對話間，女子已飛躍至呑魂正前方。絲毫不將對方猙獰的咆哮和威嚇放在眼裡，她右掌一個翻轉，詭異黑氣凝聚成銳利無比的粗大尖刺，刹那間直直釘入呑魂的眉心之間。

呑魂的一切掙扎全都凝止，燃著青光的雙眼跟著暗下。

此刻的它，乍看下就像一尊巨大的空殼人偶。

輕易制伏呑魂的女子落足在它肩上，望著客廳眾人，輕點了下頭，接著戴回臉譜面具。

很快地，她的身影和呑魂的身影崩散成無數細小粒子，消失得無影無蹤。

等到長髮女子身影消失，莫先生他們和朝顏才像是終於逃離那股壓力般，鬆了一口氣。

「那位……那一位究竟是……」朝顏雙腳有些無力，險些站不住，幸虧有東海主任攙住。

「那是梁炫。」見危機解除，呂洞賓大剌剌地坐進沙發裡。他解開馬尾，耙梳一下髮絲，「小城身邊的八大將軍之一，專門在夜間巡視的夜遊巡將軍，不過她白天其實也能出來啦。」

「梁炫這次走得好快，我以爲、以爲她會順便處理其他幽靈。」韓湘抬起頭，盯著空無一物的屋頂外，吶吶地說。

「這表示大家的時間還未到，否則梁炫不處理，也還是會有其他人前來的。而她走得那麼迅速，我想，那消息可能是眞的。」鍾離權若有所思地說。

「那消息？」薔蜜問。

「薔蜜姊，聽說小城過不久要到西方留學呢。」藍采和乾脆席地而坐，笑咪咪地說，「所以梁炫他們最近忙翻天了。」

城隍？西方留學？川芎一時以爲自己聽錯了，他搖搖頭，決定不要再深思下去。他改望向莫先生等人，發現他們正用呆愣的目光瞪著某一處。

他順勢轉過頭，接著「啊」了一聲。

朝顏的雙腳漸漸變得透明。

「哎呀，看樣子力量的時間到了。」鍾離權苦笑，「抱歉，朝顏小姐，沒辦法立刻再幫妳實體化。」

「沒關係的，即使這樣，我也還是能跟東海在一起。」朝顏不介意地溫柔一笑，隨後她也發覺到莫先生等人的視線，她困惑地別過臉，「請問？」

「大姊姊，妳、妳的身體……」小莫嚥下口水。

「啊，妳說這個嗎？」朝顏柔柔地笑開來，「請別在意，因爲我和你們是一樣的。嗯，和莫先生、莫太太、莫莫，還有莫老先生完全一樣呢。」

和我們一樣？老莫、莫先生、莫太太、莫莫納悶地互望一眼，接著他們腦內倏然閃過什麼。

——呑魂最喜純淨又帶有力量的美味魂魄。

他們頓時震驚萬分地看向半身已變得半透明的朝顏。

他們到現在才發現，原來，原來——朝顏也是鬼！

遭到毀壞的三途民宿最後是靠李凝陽的力量恢復的。

雖然七名仙人短時間內仍無法解除乙殼，回到眞身姿態，可由於李凝陽的乙殼設定本就異於尋常，即使是在這樣的模樣，也能使用一次仙人的力量——只不過使用完的代價是昏睡兩個小時。

而既然都在三途民宿住了一天，加上莫先生等人熱情地邀請眾人繼續住下，以彌補當時稍顯過火的嚇人招待，經過一番商議後，熱愛不可思議的薔蜜與方奎率先投下贊同的一票。

薔蜜一投，於沙和林家兄妹自然跟進；林家兄妹一跟進，寄住在林家的三名仙人絕不會反對。

加上總是同進退的明陽三人組，贊同票一下過了半數。

於是一行人就這麼順理成章地多住幾天下來。

只是苦了呂洞賓，他開始爲之後要怎麼跟「驚奇！你所不知道的超自然世界」這個節目解釋而傷腦筋。

「唔啊……要說路上碰到黑洞嗎？還是大家都碰到神隱？」呂洞賓揪著頭髮，頭痛地想，可惜誰也沒有搭理他。

老莫和東海主任、朝顏、鍾離權坐在庭院喝茶；莫莫、小莫和莓花玩在一塊；川芎與薔蜜認眞地討論新的小說要不要寫鬼故事，於沙則回到薔蜜體內休養。

藍采和履行曾說過的話，與何瓊聯手一起追著韓湘跑。

沒有要解救好友的意思，方奎和余曉愁正跟莫先生、莫太太閒聊。

至於張果，依舊無視這一切，縮在客廳沙發裡睡他的覺。

呂洞賓繼續唉聲嘆氣，接著他的身旁坐下一抹身影。

李凝陽攤開報紙，徹底無視身旁有人正陷入苦惱。

呂洞賓不平了，「我說凝陽，你醒來後的第一件事就是無視你煩惱的好朋友，直接看起報紙嗎？」

「你很了解我嘛，洞賓。」李凝陽不熱不冷的聲音從報紙後傳來，「不過我可以告訴你一個不是很重要的消息，你知道那些星星糖怎麼了嗎？」

「咦？不是阿湘都收走了嗎？」呂洞賓停下揪頭髮的動作。

「不是全部。」李凝陽移下報紙，露出意味深長的雙眼，「藍采和那傢伙偷摸走一點了。」

「小藍？爲什麼？」呂洞賓反射性地望向追在韓湘身後的藍采和，心裡第一個想到的是對方要拿給誰吃嗎？「那藥對人類沒效，所以不可能是阿林他們。小瓊和小張也不可能，他們會眞的把小藍宰了。我們好像也不會是他的目標……不，等等。」

呂洞賓猛然睜大眼。在場的七仙全都性轉過了，藍采和如果眞的想讓誰性別轉換，一定會挑還沒被換過的仙人。

而他們八仙，誰不在場？

呂洞賓的嘴巴越張越大，他慢慢看向李凝陽，後者嘴角只扯出一抹似笑非笑的弧度，又將報紙移了回去。

終

姑且不論藍采和之後想讓誰性轉，沒人知道就在同一時間，豐陽市的林家大宅內，正有一抹穿著花襯衫、海灘褲、腳踩藍白拖的身影，坐在客廳裡，悲痛萬分地嚶嚶哭泣。

「沒天理……這世界眞的太沒天理了……我明明從這篇故事的開頭就出現了，那吊扇是我開的……爲什麼就是沒人發現我的存在！大叔也有耍帥出場的權利才對啊！可惡、可惡，我要去大叔愛護協會投訴……我要對所有不重視大叔的人進行投訴！」

「我一定要成爲下本書的主角，以我強納森的名義——啊咧？我是叫強納森嗎？還是愛倫坡？還是史帝芬金？奇怪，我到底是叫啥名字來著……」

於是在這名中年幽靈想起自己名字之前，有關他的故事都不會再出現了。

〈性轉大作戰〉完

路上紅包請小心

「起床了，稿子寫了嗎？進度到了嗎？截稿日記得剩幾天了嗎？」

平板冷淡的女聲冷不防打破午後的祥和，也嚇醒了在床上睡覺的男人。

川芎彷彿砧板上掙動的魚，起床動作之大，蓋在身上的棉被因而滑落下去。

他急促地喘著氣，眼裡滿滿驚悸。而造成他煞白了臉的原因，正是他的手機鬧鐘。

「起床了，稿子寫了嗎？進度到……」

川芎用此生最快速度關掉鬧鐘，房裡頓時恢復安靜。

「呼哈……呼哈……」他喘著氣，心臟仍在高速跳動，臉上餘悸猶存，接著緊繃的身體慢慢放鬆，最末倒回床鋪上。

鬧鐘鈴聲居然是自己責任編輯的催稿聲，這是想嚇死誰……差點以爲要心臟病發了。

川芎抹了把臉，閉起眼睛打算繼續賴床，但片刻後他霍地張開眼，長臂一伸，將旁邊矮櫃上的手機撈了過來。

不對，我絕對不可能設那種鈴聲的！那麼就只可能是……

「張、薔、蜜！」川芎磨著牙，果然在手機裡發現一段錄音檔，天曉得那女人是什麼時候偷錄進去的。

果斷地刪除檔案，將鬧鈴換成自己以前替妹妹錄下的歌聲，川芎這才徹底鬆懈下來，眼皮也再次往下掉，可還沒完全閉上，門外就傳來了敲門聲。

「誰啊？」川芎不爽地睜開眼，翻過身看向門口。

間。

「我。」

稚嫩漠然的嗓音進入川芎耳中的同時，他的房門也被人直接推開。膚色瓷白，襯得眉眼和髮色越發黑亮的小男孩拖著小木馬，如入無人之境般走進川芎房間。

「午安。」張果眼珠很黑，凝視人的時候容易讓人產生彷彿被深淵凝望的錯覺，「我可以進來嗎？我來叫你起床，你睡很久了。」

「拜託，哪有人進來才問的……」川芎受不了地大翻白眼。他從床上慢吞吞地爬起來，經過張果身邊時還揉了對方頭髮一把，毛茸茸的觸感讓他想到了小雞的羽毛，「我去刷牙洗臉，你去樓下等我。」

張果拖著小木馬緩慢地往一樓走，咔啦咔啦的聲音在他下樓梯時更加明顯。

「張果！」川芎惱火的大喊從廁所裡傳出來，「給我用抱的！」

張果低頭望著自己的小木馬，再轉頭望著下方客廳，他單手將小木馬輕鬆舉高，直接往客廳沙發一扔。

蹺著二郎腿在沙發看電視的阿蘿只聽到一陣氣流呼嘯而過的聲音，下一秒身旁已落下一隻沉重的小木馬。

它蹺起的腳瞬間不晃了，所有腿毛被嚇得齊齊立起。它艱難地仰高頭，正好與從樓梯扶手處探出頭的張果視線對個正著。

那雙黑黑的眼眸像是無機質的玻璃珠。

「不小心丟歪了。」張果淡淡地說。

「丟丟丟……」阿蘿抖個不停的聲音像是跳針的唱片，好一會兒才總算擠出後面句子，「張大人，您本來是要丟……」

張果沒有回應，只靜靜地望著，但又好像什麼也映不入他眼底。

阿蘿產生一股自己正面臨駭人怪物的感覺，冷汗立刻像旋開的水龍頭嘩啦啦直淌。它慘叫一聲，這下連電視也不敢看了，一溜煙便竄逃到廚房裡。

只有小藍夥伴才可以給它安全感！

川芎從樓梯上走下來時，壓根不曉得客廳裡曾發生過什麼插曲。他看見張果乖巧地坐在他習慣坐的長沙發上，小木馬被放到牆邊去。

「你吃了嗎？」川芎看見張果小幅度地搖搖頭。

「哥哥！」聽見川芎說話聲的藍采和自廚房探出頭，眉眼彎彎，「你終於起來了啊，有下午茶喔。你要不要先墊墊肚子，晚點可以直接吃晚餐。」

川芎抬頭瞄了眼牆上的時鐘，都下午三點多了，這時吃正餐，晚餐很可能會吃不下。

「幫我留……兩份。」川芎將想起身的張果再壓回去，「你乖乖坐著等我，我去端過來。」

今天的下午茶由林家么女準備，是美味的烤起司三明治，搭配微波加熱過的奶茶。

「葛格拿多點，莓花做了很多很多。」莓花熱情地把好幾個三明治塞給兄長。

川芎一眼相中放在盤子裡、吐司表面用巧克力醬擠出愛心的那個，「哥哥可以拿走這個嗎？」

莓花小臉染上緋色，她害羞地垂下眼，食指對戳，「不……不行啦，那個是莓花給小藍葛格的。」

川芎立刻感到一股酸意湧上，趁莓花沒看見，他朝坐在桌邊的藍采和甩出了凶狠的目光，還做出抹脖子的動作威嚇。

藍采和裝作害怕地縮縮肩膀，但臉上仍是笑嘻嘻的。

川芎嘖了一聲，走出廚房前不忘向藍采和低聲警告，「保持距離，聽見沒有？要是敢趁機對我家莓花動手動腳，老子就宰了你。」

「哥哥你放一百個心啦，太操心會像景休一樣變老媽子喔。」

「信不信我等等就打電話告訴曹先生你對他的看法。」看見藍采和露出慌張神色，川芎愉悅地勾起嘴角，端著三明治和奶茶回到客廳。

張果啃三明治的速度慢，看在川芎眼裡就像小動物在進食。他眼裡浮現不自知的笑意，伸手也拿了一個三明治。

雖然已經半冷，但滋味依舊很好，更不用說這可是莓花親手做的，對川芎而言無疑就是世界上最美味的料理。

川芎咬著三明治，習慣性地摸出手機，意外發現薔蜜今天居然沒有在LINE上敲自己。自己還積欠稿子的狀態下，那女人明明會照三餐、下午茶和宵夜時間問候，今天怎麼突然安靜了？

川芎原本想聯絡薔蜜的動作倏地煞停，猶豫一會兒，他點開另一位聯絡人。

他發了一句：張薔蜜今天是碰上什麼天大的好事嗎？

也唯有這樣，才能解釋薔蜜爲何心情好到沒有按時發送催稿慰問。

另一邊很快傳來回應，卻令川芎大吃一驚。

莎莎姊中午急診了，發燒加急性腸胃炎，現在人應該在吊點滴。她說沒什麼大礙，要我們不用過去，不過總編還是陪了她一會兒才回來。

在川芎眼中，薔蜜就像鋼鐵鑄造的女人，得知對方生病住院的消息，他愣在原地足足好半晌。

直到張果注意到他的不對勁，戳戳他，他才霍地回過神。

川芎立刻要了醫院地址，將剩下的三明治囫圇幾口吞下肚。他匆匆起身，朝廚房方向高喊，「莓花、藍采和，我去醫院探個病，晚點回來！」

「探病？誰生病了？」藍采和訝異地探出頭。

「張薔蜜。」

「什麼？薔蜜姊？」藍采和瞪大了眼。

莓花也從藍采和手臂下探出小臉，臉上流露憂心，「莓花可以一起去嗎？」

「我去就行了，莓花好好待在家裡。藍采和，記得幫我顧好莓花。」

川芎交代幾句，回房間拿了錢包便準備出門，卻在玄關處看到張果站在那，連鞋子都穿好了。

「你也不用去。」川芎猜出張果的心思，「小朋友少去醫院，容易生病。」

「不小。」張果簡短地說。

「我說你小就小，回客廳。」川芎拿出強硬的態度，「不然以後就自己睡，反正你說不小了。」

張果仍舊不動，他交握起雙手，仰高稚氣的臉蛋，一雙黑亮的眼睛泛起閃亮光芒，就好像小狗狗在凝望著主人。

這招往常挺有效的，但這次川芎決心展現鐵石心腸，「不行就是不行，用狗狗眼看我也不行，想自己一個人睡就直說。」

張果眼中天眞的光芒立刻退得一乾二淨，他發出重重的咂舌聲，顯然很不滿川芎的威脅，但又拿對方無可奈何。

「哥哥慢走啊。」藍采和揮手送別，「幫我們慰問薔蜜姊……啊，你也要小心別被扣在那裡趕稿喔。」

「少詛咒我！」要不是礙於莓花在場，川芎早就朝藍采和比出一記中指。無視張果板著臉不說話的抱怨表情，他踏出自家大門，路上招了輛計程車直接前往醫院。

這時候的川芎不知道，藍采和還眞的一語說中了。

醫院裡鬧哄哄的，護理師忙碌地在病房及走廊間來回穿梭，小孩的哭鬧聲此起彼落。這些聲響混雜在一起，像是一波波浪潮拍打在岸上，成了川芎趕稿時的背景音樂。

對，趕稿。

如果有重來的機會，川芎發誓，他今天絕不會來醫院探望張薔蜜！

誰知道這個在病床上吊點滴的女人居然眞的扣住他，還拿出自己的筆電，要他留在這裡現場趕進度給她看。

這個女人不是人——

「張薔蜜，妳就不能好好當一個病人嗎！」川芎忍無忍可地壓低音量抱怨。

「在當病人的同時，我也是一個編輯，一個手下作者正在給我拖稿的編輯。」薔蜜加重了後面那句的語氣。

「我那只是……我只是不小心過度放鬆自己……」

「鬆過頭了。現在給我補上，不准有意見。」

臉色比平時蒼白許多的薔蜜半躺在病床上，手臂上插著針，旁邊立著點滴架，透明的液體慢悠悠地落下，沿著輸送管送入血管內。

可就算如此，她的氣勢依然強勢凜冽。

川芎很想甩手不幹，反正對方現在躺在病床上，不可能踩著高跟鞋緊追著他跑。

而他沒這麼做的原因……張薔蜜不會，但張薔蜜的室友該死地會！

那位室友還不是普通室友，而是寄住在薔蜜體內。

如今薔蜜住院，身為「室友」的於沙自然緊跟在她身邊。

身形高壯，極具壓迫感的男人就守在病床邊，金屬椅子在他身下顯得格外小巧，看得出來他坐得不舒服，可半句話也沒有抱怨。

於沙戴著單邊眼罩，眉眼鋒銳，一身壓不住的凶煞之氣，即使是見慣各路人馬的護理師也不免心驚膽跳，過來檢查點滴狀況時，掩不住戰戰兢兢。

於沙大部分的注意力都放在薔蜜身上，只有一咪咪留在川芎那邊。畢竟他正操縱著水流，讓它們如鎖鍊銬住了川芎的雙腳，毫不客氣地限制川芎的行動。

這也是川芎為什麼只能忍氣吞聲留下來趕稿的原因。

他想跑也跑不了。

川芎磨了磨牙，早知道就帶上張果了，不過這念頭只出現一瞬就被他拋到腦後。

川芎這一待，直接待到了晚上。

長時間坐在椅子上讓他身體痠痛，當他終於能夠放下筆電、站直身體時，似乎聽到全身關節在咔咔作響的聲音。

薔蜜接過筆電，嘴角彎起一抹滿意的弧度，手一揮，示意於沙可以放人了。

「妳點滴還要吊多久？有比較好了嗎？」川芎還是關心了幾句。

「這瓶吊完就行了，你想繼續留下來也可以。」薔蜜盯著筆電螢幕，頭也不抬地說，「順便一提，這間醫院有夜晚會出現紅衣女鬼的傳聞，如果你有興趣……」

川芎果斷拔腿就逃。

開什麼玩笑，他才不想和自己的編輯多待一秒鐘，更不想倒楣撞鬼！

川芎用最快速度逃出薔蜜的視野，直到回頭看不見病房了，他才放緩腳步，慢吞吞地走在走廊上，尋找通往醫院大門的方向。

沒多久，他就看到大門出現在前方。

門外一片幽暗，夜色早已低垂。

川芎加快步伐，三兩步地踏出大門。

他沒留意到地面平空冒出一個小小、長方形的紅色紙張，然後就這麼一腳踩了上去——

接著他眼前驟然一片黑暗。

川芎覺得自己彷彿作了一場夢，但不記得夢裡有什麼，意識便陡然回到了現實。

他睜開雙眼，迎入的是一片朦朧晦暗，只能瞧見模糊的物體輪廓。

川芎困惑地眨眨眼，發現眼前景象依舊沒有變化——他似乎是在一個沒開燈的空間，只有不知從哪來的微光勾勒景物輪廓。

這是我的房間嗎？看起來好像不太對勁……沒有看習慣的書桌，沒有總是不關機、亮著螢幕的筆電，就連身下觸感，也不是軟硬適中的床墊，硬得腰背都傳來了抗議……

川芎神智慢慢回籠，他猛地彈坐起來，想離開目前所在之處，卻發現雙手失去了自由。

他大吃一驚，下意識再動動手腕，被繩子縛住的壓迫感讓他清晰地認知到一個事實。

——有誰反綁了他的雙手。

幹幹幹！到底是哪個王八蛋！

這裡是哪裡？我爲什麼會在這裡？

記得之前明明是……啊，明明剛離開醫院。

川芎的記憶全數回來了，他記得他去探病，薔蜜腸胃炎加發燒，在醫院吊了一天點滴。

結果他這個探病的人卻被躺在病床上、依舊不忘工作的鐵血編輯強制扣留，要他現場用對方的筆電趕進度。

面對即使吊點滴也震懾力十足的責編，川芎這個身高體型都比對方高大的男人，不由得退縮了。

沒辦法，一來是面無表情、眼神犀利的張薔蜜太可怕。

二來是……

川芎回想到這裡不禁磨著牙，怨恨起薔蜜體內的那位房客。

於沙那個混帳，居然助紂爲虐，幫薔蜜強行扣押他，沒達到進度目標不准走！

將在醫院裡的記憶跑完一輪，川芎吐出口氣，開始回想自己走出醫院後發生什麼事。

那時候大概是晚上八點快九點了，他想去買點宵夜安慰身心俱疲的自己，然後……

等等，然後呢？

川芎難掩一臉愕色，他記得自己很平常地踏出醫院，接下來就像是忽然喝醉酒斷片一樣。腦中變成一片空白。

川芎強迫自己冷靜，他慢慢地挪動身子，先從床上下來，還好室內空間不到伸手不見五指的程度，讓他發現不遠處的地面有一支手機。

他趕緊快步上前，手機顏色和品牌跟他的手機一樣，很可能就是自己的。

川芎試著想將手從繩子裡掙脫出來，試了老半天，換來的只有氣喘吁吁和皮膚被摩擦得發熱和發疼。

他忽地罵了一聲，覺得自己傻了，他手被反綁，但他可以轉身啊。

他背過身去打開手機後，再轉身看螢幕。

螢幕桌布上是他家寶貝妹妹的可愛笑臉。

手機在身，川芎稍微放下了心，起碼他可以盡快聯絡家裡。他費力地在螢幕上畫出圖案，終於成功解鎖，進入了手機桌面。

川芎低下頭一看，發現手機顯示的時間是半夜兩點，代表他從醫院離開後，中間只過了五個多小時。

LINE上有訊息未讀的紅點，川芎轉身去用手指點開，再轉過來看，發現是來自藍采和與薔蜜的留言。

川芎快速一掃，薔蜜那則是叫他回去也不要躺平耍廢。他呻吟一聲，覺得自己這位青梅根本是工作狂，連這時候都不忘記要鞭策自己。

他重複了先前轉身的步驟，點開藍采和的對話頁面，未讀的訊息有三條。

哥哥，今天幾點回來？

啊，薔蜜姊說你被她扣留了。

那我先鎖門啦，哥哥加油，要活下來喔。

活你妹啊！川芎忍不住對藍采和的訊息翻了枚大白眼，知道他在薔蜜那受苦受難也不來救他，有這樣當人家幫傭的嗎？

該扣他薪水！

川芎不曉得把自己綁來這的人何時會出現，他也猜不透對方綁架他的理由。但他敢用阿蘿那根蘿蔔的腿毛發誓，綁他的有很大機率不是普通人類。

再怎麼說他都是身高近一百八的大男人，體格離瘦弱也有一大段距離，不太可能毫無知覺就被弄到這裡。

若把凶手換成非人類的話……一切似乎就容易多了。

川芎煩得都想拿頭去撞地了，在醫院被人狠心壓榨整晚就算了，好不容易解脫，誰知道轉眼就陷入下一個危機。

到底是哪個混帳王八蛋針對他？

他只是個平凡的小說家，有著世界無敵可愛的妹妹，頂多家裡住著幾個仙人……該不會是針對藍采和的吧？他被牽連了？

畢竟藍采和的那張嘴跟踩到雷點馬上炸的脾氣，要樹立一堆敵人實在太簡單了。

川芎越想越覺得這個可能性很高，他做了幾次深呼吸，按捺住節節攀升的怒意，要先想辦法聯絡到藍采和再說。

他背對著手機摸索了好幾次，終於成功叫出語音通話的頁面。他鬆了口氣，隨後想到自己大可以直接用語音叫Google助理撥打電話給指定對象。

「靠，白痴啊我……」川芎無力地垮下肩，但都費盡千辛萬苦點開頁面了，他發洩般地戳上那個通話鍵，聽見鈴聲響起。

川芎的內心有絲緊張，現在都半夜兩點多了，萬一藍采和睡太死沒聽見，又或者他手機沒電、關機了怎麼辦？

各種負面想法跑過川芎腦海，他的胃不由自主地絞縮，冷汗也冒出額角。

就在川芎想到自己要是出事，薔蜜很可能會燒金紙和筆電給他，要他在地底下繼續好好工作的時候，電話被接通了。

「喂？哥哥？」

川芎第一次覺得藍采和的聲音有如天籟。

「藍采和，我好像被綁架了，被關在一個房間裡。」川芎站起來，再次確認眼下環境。剛剛心思都放在設法與外界聯繫，此時他才注意到這裡赫然連門窗都沒有，「沒有門也沒有窗，這他媽的是什麼密室嗎？」

「喔，哥哥你被……」藍采和帶有一絲睡意的聲音驀地拔成驚人的高分貝，「你被綁架!?」

就算川芎離手機有點距離，還是能聽見那驚人的高音。

「你小聲點，別吵醒莓花，她現在在睡覺了吧。」

「對，她十點多就上床睡了……到底怎麼回事？哥哥你怎麼會被綁架？」藍采和的聲音出現一絲慌亂，「是誰綁你的？」

「啥米？川芎大人被綁架了？」藍采和的話還沒說完，就被另一聲驚天動地的吶喊蓋過，「報警！快報警！俺現在立刻馬上報警！川芎大人，你現在有被劫財還是劫ㄙ——嗚咿！」

世界獲得清靜了。

雖然看不見另一端的景象，但川芎也能猜出來藍采和估計是一腳踩扁了阿蘿，也踩斷了它的喋喋不休。

「我不知道是誰綁我的，但恐怕不是人。」藍采和那邊陷入心慌，川芎反倒鎮靜下來，

「我晚上快九點從醫院離開，然後就不記得發生什麼事，再醒來已在這間沒門沒窗的密室。我試看看能不能將我的定位傳給你……你順便幫我看莓花有沒有被吵醒，要是醒了趕緊再哄她睡覺。啊，可以泡一杯熱牛奶，記得要加蜂蜜。」

就算在這種情況下，川芎的一顆心仍繫在自家妹妹身上。

川芎的這串嘮叨無形中安撫了藍采和焦慮的心，「我這就去看看，哥哥你手機千萬別掛斷，電還夠吧？」

「還有八十幾趴，應該沒問題。」川芎讓Google助理開啓分享位置。

一看見地圖上的顯示，川芎頓時愣住。

雖說定位無法百分之百精準，但大抵不會差距太遠。

此時映入川芎眼中的位置，竟然就是薔蜜所住的那家醫院。

「哥哥，你在醫院裡嗎？」藍采和也看到傳送的位置資訊。

「我哪知道！」川芎有些焦躁，「我明明記得自己走出醫院了，然後……」

「然後？」

「然後就什麼也不記得了。總之我不是在醫院，就是在醫院附近，肯定不會差太……」

川芎猛地停住話聲，他飛快地站起來將手機踩在鞋底下。

他聽到了聲音。

嬉笑聲如碎石落入水面，在這個密閉的空間裡激起圈圈漣漪。

下一秒，川芎看見一名身穿紅衣的年輕女子穿牆而入，她笑容妖嬈，膚色是毫無生氣的蒼白，臉頰到頸間攀爬著紫黑色斑紋，艷紅色的衣裙簡直像是由鮮血所染。

「屍斑」兩字陡然躍入川芎腦海。

紅衣女人飄到川芎面前，她噙著惑人的笑，手指一動，川芎的腳就彷彿受到無形力量拉扯，無法控制地慢慢抬起，暴露出藏起的手機。

川芎吞吞口水，憶起離院時，薔蜜曾對他提及的……紅衣女鬼。

「想跟人求救嗎？那可不行。呵，你求救的對象還叫藍采和……居然取了個跟八仙一樣的名字，怎麼取這種名字呢？聽說藍采和不男不女呢。」紅衣女人看著手機螢幕上的「通話中」，嗤笑一聲。

「我勸妳還是把剛剛那些話收回去。」川芎是真心的，他輕易就能想像另一頭的藍采和本尊此刻多麼勃然大怒。

「你的朋友聽不見鬼語的，我們只讓你聽見。」又一道聲音柔媚地說，同時一雙冰冷蒼白的手臂從川芎左邊虛空探出，緩緩地纏繞住他的頸子。

「你就乖乖留下來陪我們吧。」第三道女聲出現，另一雙慘白無溫的手從川芎右邊浮出，宛如藤蔓攀上他的肩頭。

川芎全身綳緊，從眼角餘光可以看見兩名同樣身著赤紅衣裙的女人將他包圍在中間。她們的吐息彷彿凜冬寒風，那股冰寒一路貫穿他的四肢百骸，令他皮膚竄起雞皮疙瘩。

正前方的紅衣女人像蛇一般，以古怪姿勢彎下身，爬著屍斑的臉湊近川芎。

她露出妖異的笑容，指尖按在手機螢幕上。

「帥哥，我們四個人一起來做快樂的事吧。」

手機通訊下一秒被無情截斷。

「不男不女」四個字進入藍采和耳中之際，他差點一把捏爆自己的手機。

他Ｘ的誰不男不女啊！恁杯明明超有男子氣概的！

要不是謹記川芎的交代，也深怕自己一出聲會讓對方陷入險境，藍采和的怒吼或許就要穿透手機了。

他竭盡所能地控制自己的怪力，放輕腳步地從莓花房間退出。

林家么女猶在熟睡，渾然不知自己的兄長遭到不明人士綁架。

藍采和剛關上莓花房間的門，轉頭就瞧見走廊上不知何時佇立著一道人影，嚇得他險些飆出連串髒話。

「果……果果？」藍采和三兩步上前，手掌捂著手機，以氣聲發問，「你怎麼出來了？」

還沒等張果出聲，手機裡清晰地飄出一串女人的嬌笑。

「帥哥，我們四個人一起來做快樂的事吧。」

曖昧至極的話語令藍采和大驚失色，他一時也顧不得保持安靜，急急對手機喊道：「妳們要是敢對哥哥出手，老子就剁了妳們！」

然而手機並沒有傳出一絲回應。

藍采和定睛一看，這才發現通話被強行中斷了。他咒罵一聲，立刻撥打回去，但鈴聲響了半天，最後只跳出無人接聽的畫面。

「林川芎在哪？」張果面無表情。

「哥哥他可能在東實醫院，就薔蜜姊今天去的那間……」藍采和反射性回答，「但也可能是在附近其他地方，定位不一定……」

「精準」兩字還含在藍采和嘴裡，張果已拿出乙太之卡。

「吾之名為張果，現在要求解除乙殼封印，應許．承認。」

皓白光華大熾，吞沒了小男孩的身影，取而代之出現一名高大男人。一頭冷白如雪的長髮披散下來，恍若獠牙的白色花紋烙印在他眼下。

恢復真身的張果看也不看藍采和一眼，剎那間消失在林家大宅。

「果果！」藍采和要喊住人時，張果已不在眼前了。他暗叫一聲糟糕，不敢拖延地也迅速解除自己的乙殼狀態。

恢復真身的藍髮仙人馬不停蹄地追趕而去，就怕自己晚一步，將造成不可挽回的後果。

別開玩笑了，要是張果拆了整個豐陽市……哥哥一定也會拆了他們的啊！

矗立在濃暗夜色下的東實醫院，就像蒼白靜默的巨人。

藍采和趕到時，正好看見張果背對著他站在醫院前庭，筆直頎長的身影猶如高山雪松，巍峨而凜冽。

「果果！」藍采和落足在張果背後，「你千萬別把這裡拆了，還記得『冷靜』兩個字怎麼寫吧。」

張果頭也不回，「我要是忘記了，你就沒機會在這裡嘮叨個不停。藍采和，你吵死了。」

「我這不是爲了我們著想嗎？」見張果尚存理智，藍采和鬆口氣，「想想哥哥，想想他發飆的樣子有多可……」

「你的眼睛是裝飾品嗎？看前面，看仔細了。」張果不耐煩地打斷藍采和的叨唸。

藍采和抬高頭，水藍的眸子頓時大睜，訝色一閃而逝。

在尋常人眼中看來，這或許只是一座再普通不過的建築，但藍采和卻看到白色大樓外纏繞著絲狀的黑氣。

那是……鬼氣！

一隻力量不小的鬼盤踞在這個地方。

當然，力量不小是相對於人類的道士、天師而言，身爲仙人的他們，這點力量還不夠看。

尤其對張果來說，恐怕只要動動手指就能把那鬼摁倒了。

「定位或許眞的沒出錯。」藍采和頭腦動得飛快，想起手機裡聽見的鬼語，再結合面前恍若蛛絲的鬼氣，一個答案呼之欲出，「哥哥還在醫院裡。只是……會在哪裡？果果，要一層一層找嗎？」

張果對藍采和這個提議嗤之以鼻，他五指張開，握住一根通體透白的法杖。

他微微舉高自己的法器，再猛地往地面一擊，瑩白光暈霎時圈圈震盪出去，如同白浪沖刷東實醫院及周遭區域。

下一瞬又從四面八方急速倒退，轉眼收縮得極小，最末在張果身前凝成一顆光團。

光團只在半空停了幾秒，隨即直衝而上，像是煙花在東實醫院的頂樓炸開，一片更細碎的光點似碎雪般緩緩落下。

這一幕只有張果與藍采和能夠瞧見。

「居然是在頂樓那邊？」藍采和吃了一驚，準備縱身往上一躍，但還是慢了身前的張果一步，「靠，果果你也跑太快了吧！」

藍采和連忙緊追在後，一個縱躍便來到東實醫院頂樓，和張果一起並排在空中。

從高空往下看，醫院頂樓的景象被收納得一清二楚。

理應只有大片空地和眾多水塔的頂樓，此時赫然有團詭異的黑盤踞在一處不動，乍看下宛如蜷縮的暗黑野獸。

「哇，好重的鬼氣啊。」藍采和皺皺鼻子，「這裡到底有幾隻鬼？你出手還我出手？」

張果不帶溫度地睨了藍采和一眼。後者舉起雙手，表示自己明白了，拯救川芎的重責大任就全交給對方了。

但為了避免鬼魂乘隙脫逃，藍采和決意再加層保險。他指尖一轉，勾勒出多條光絲，再隨著他手腕抬動，泛著銀光的絲線登時沿著頂樓周圍飛去。

不過頃刻間，縱橫交錯的光絲完全包覆住頂樓，就連空中也罩上一片光網。

就算鬼魂到時想跑，面對這些光絲也是插翅難飛。

另一邊，張果降低了高度，雙腳踩在硬實的水泥地上。他將法杖前端對準盤踞不動的大團黑暗，雪白光輝瞬間亮起。

白光耀現，一股無形威壓同時落下，直直壓在黑暗上。

藍采和可以瞧見本來凝實的黑暗就像遇熱融化的奶油，層層剝落下來，裡頭景象也漸漸暴露在他們兩人面前。

隨著黑暗快速消融坍塌，待在裡面的三鬼一人也察覺到上方傳來的亮光。

他們錯愕地停下手上動作，不約而同地仰頭向上看，縱橫交錯的光網最先映入他們的眼。

而當黑暗徹底消散，他們注意到周邊不知何時出現了兩道身影。

川芎最快反應過來，他霍然站起身，震驚地與空中的藍采和大眼瞪小眼好一會兒，又看到藍采和伸指比了比下面。

川芎反射性扭過頭，和一雙銀白似霜雪的眼瞳對個正著。

「藍采和……怎麼連張果你也來了？等等，這是哪？」川芎的注意力隨即又被移轉，他吃驚地張望四周，只能看出這是某棟建築物的頂樓。

藍采和沒有第一時間回答川芎的疑問，他正處於目瞪口呆的狀態，過大的衝擊讓他忍不住揉了揉眼，確保自己沒有眼花看錯。

眼前場景依舊未變。

他沒有眼花，也沒有產生幻覺。

他看見了川芎，看見三個像是複製貼上而成的紅衣女鬼。

還看見這三鬼一人中間的桌子，以及桌上成排的綠白方塊。

玉帝在上，他是眞的看見哥哥和三個紅衣女鬼在……打麻將！

三女鬼驟見張果與藍采和出現，她們齊齊吸了口氣，即使不知來者身分，也能夠感覺出兩人身上有著令她們害怕的氣息。

她們驚叫一聲，立刻想逃離此處，然而藍采和事先布置好的光網擋下了她們的行動。

張果一記視線輕飄飄地望過去，女鬼們瞬間被釘在原地。

她們明明是鬼，早已不知道冷熱，可那名白髮男人的目光卻讓她們遍體生寒，只能哆嗦著身子，抓住彼此的手顫抖個不停。

她們才與那人的雙眼對視一秒，就畏懼地低下頭。

那雙銀白色的眼睛太冷，沒有絲毫溫度，甚至讓人產生鳳眸裡沒有瞳孔的錯覺。

那是一雙教人下意識心生恐懼的眼睛。

「哥哥啊！」藍采和從空中躍下，他長長地呻吟一聲，「爲什麼你在和人……不對，是和鬼在打麻將！我還以爲你正被鬼做什麼兒童不宜、須滿十八歲以上才適合觀賞的事情耶！」

「觀你的大頭！你腦袋在想什麼垃圾東西！」川芎惱火大罵。

「爲爲爲什麼……不能打麻將？」一名紅衣女鬼即使在被張果威壓壓得快貼地的情況下，仍然忍不住擠出聲音，「最快樂的事……就就就是，打麻將啊……」

另兩名女鬼也瘋狂點頭。

藍采和匪夷所思地看看女鬼們，再看看安然無事的川芎，「所以那時候，妳們說的快樂的事……就是打麻將？」

「不不不、不然呢？」又一名紅衣女鬼結巴地說。

「我靠，我還以爲哥哥你碰上艷鬼要被○○××了！」藍采和不小心說出眞心話。

「藍采和，你找死啊！」川芎勃然大怒，「你腦子裡果然裝垃圾吧！」

「哪有……」藍采和心虛地戳戳手指，「我這不是合理猜想嗎？誰教電話聽起來太容易讓人誤會。」

川芎抹把臉，覺得自己的確不能怪藍采和，女鬼當時那番曖昧話語眞的很容易誤導人。

他那時都以爲自己要貞操不保了，誰想到女鬼們是搬出麻將桌，抓他湊人數打麻將。

「算了……不管怎樣，謝謝你們倆過來。」川芎向藍采和與張果道謝，「她們三個也沒眞的傷害到我……」

「既然沒傷害哥哥的話，我們也不會趕盡殺絕的。對吧，果果。」藍采和這番話是暗示張果千萬別私下動手，不然川芎知道了可很難收場。

張果沒有回應，但他手裡的法杖轉眼化成一縷輕煙消失，這代表他不會再出手了。

「不過呀……」藍采和興致盎然地湊近三名紅衣女鬼，「妳們怎麼會盯上哥哥？」

比起白髮男人，藍髮少年給人的壓迫感不那麼重，這也讓女鬼們說起話來不再結結巴巴。

「其實……」被兩名同伴夾在中間的紅衣女鬼小小聲地說，「這兩位是我的分身，但我最多只能變出兩個分身而已，可是麻將要四個人才好玩。」

「所以我們只好找人類來湊一桌。」另一個女鬼說，「剛好這陣子來到東實醫院這邊，就鎖定了這裡的人……」

「誰要是收下我們的紅包，誰就是那個第四人。」第三個女鬼補充。

「紅包？三小啊！我根本沒收過那種東西！」川芎不敢置信地回頭瞪向三個女鬼，「妳們一開始就找錯人了吧！」

「沒找錯！」三顆一模一樣的腦袋一起搖著，「你收下了，眞的。」

「媽的，就說老子沒有！」川芎火氣也上來了，像是要證明自己所言非假，他將上衣和褲子的口袋都掏了個遍。

「鞋底。」張果冷不防出聲。

「什……鞋底？」川芎一愣，但還是依言抬起腳來看。

左邊沒有，右邊……

川芎瞳孔遽然收縮，他右腳鞋底下居然黏著一枚小巧、長方形的紅色紙張。乍看下，就像是個迷你紅包袋。

「靠夭喔！」川芎變了臉色，連忙撕下黏在鞋底的紅包，往旁一扔。

「還有話要說嗎？沒的話就走。」張果朝川芎伸出手，「你這年紀熬夜不好。」

「什麼叫我這年紀？你這傢伙好意思說這個？」川芎的眼刀不客氣地直往張果身上戳，但手也沒忘記搭上去。要想快速離開醫院頂樓，只能靠張果了，他實在不想大半夜還從醫院搭電梯下去。

川芎以為張果會拉著他，帶他離開此處，可沒想到對方竟是將他一把拉過後，無預警打橫抱起。

川芎扭曲了表情，「老子他媽的不要公主抱——」

川芎的怒吼隨著張果的一躍而下漸漸遠去，最終變得模糊不清。

醫院頂樓頓時只剩下藍采和與三名縮在一塊的紅衣女鬼。

「好啦。」藍采和彎起純良的微笑，手指纏繞多條光絲，像拉扯鞭子般地將它們全數拉得緊繃，銀光映亮他眼底冷冰冰的怒火，「之前說藍采和是不男不女的是哪一個呀？」

紅衣女鬼與她的兩個分身當機立斷地指向彼此，「是她！」

藍采和歪下頭，笑意忽地更盛，「噢，反正妳們其實是一體嘛，那就一起接受懲罰吧。」

三名紅衣女鬼抱在一起，看著越來越逼近的藍髮少年，只覺自己弱小又無助，止不住地瑟瑟發抖。

沒人知道這天夜裡在東實醫院頂樓發生過什麼事，但從此以後，醫院裡倒是不曾再聽見有紅衣女鬼出沒的傳聞了。

〈路上紅包請小心〉完

〈裏八仙 外傳：變幻派對〉全文完

後記

我在此宣布，本回的ＭＶＰ是韓湘！

阿湘眞是我的靈感寶庫來源，可以讓大家變小跟性轉，雖然景休沒有被性轉到，不過一口氣轉了七仙還是滿足了我的野望。

這集雖然是八仙系列的最終回，但林家大宅還是會一直熱鬧下去的，小藍跟他的植物們一定會三不五時讓哥哥爆青筋XD

八仙完結後，接下來就要換另一位仙人的新冒險展開了。

大家還記得在蕉李梨三姐妹那邊出場的城隍艾草嗎？我們艾草小朋友（並不是）要準備去西方唸書了。

擁有一票城隍控屬性部下的艾草，前往西方學院將會發生什麼事呢？

當然是，到時候就知道XDD

屆時還請大家多多支持這位可愛的蘿莉神明了。

先劇透一下，蘿莉在未來也是會變成美少女的！

說到艾草將出門旅行，其實前一陣子我也出門旅行啦，跟朋友一起跟團到北海道。

本來以爲有機會能看到雪，人生還沒看過雪呢，可惜氣溫不夠冷，不到會下雪的程度，不過反而看到了正當紅的楓葉。

一片楓紅看起來好美啊，一下車就拿著手機瘋狂拍。

也去了水族館，看到超可愛的企鵝遊行。

還看到企鵝現場便便，哈。

北海道之旅感覺一下就結束了，有種不過癮的感覺，希望明年還有機會再到日本玩。

日本的風景眞的超級漂亮，想要看雪、看櫻花、看夜景……當然也想吃各種好吃的。

期許能夠實現願望！

蒼葵

《城隍・賽米絲物語》

經典系列，回歸預告！

地府城隍被選定爲西方交換學生，
卻意外掉落於陌生荒原上，被露西華之女與伊甸白蛇撿走。
上司失蹤，將軍們集體大暴走，
以大衣背後的「城隍命」三字起誓，務必尋回最心愛的主子！

「你們可有見過一名黑髮黑眼的小女孩？年紀約十歲，長得相當可愛，全世界第一可愛。」

「只要想到大人是否有好好吃飯，身上衣物是否有好好沖洗、烘乾再跟香氛袋放一起，我就好擔心……」

二〇二四・敬請期待！

國家圖書館出版品預行編目資料

裏八仙．外傳：變幻派對／蒼葵著．——初版.——台北市：魔豆文化有限公司出版：蓋亞文化有限公司發行，2024.01

面；　公分. -- (fresh ; FS218)

ISBN　978-626-98204-3-6（平裝）

863.57　　112021895

fresh FS218

裏八仙 外傳 變幻派對

作　　者　蒼葵
插　　畫　夜風
封面設計　莊謹銘
責任編輯　林珮緹
總 編 輯　沈育如
發 行 人　陳常智
出 版 社　魔豆文化有限公司
發　　行　蓋亞文化有限公司
地址：台北市103承德路二段75巷35號1樓
電話：02-2558-5438　　傳真：02-2558-5439
電子信箱：gaea@gaeabooks.com.tw
投稿信箱：editor@gaeabooks.com.tw
郵撥帳號 19769541　戶名：蓋亞文化有限公司
法律顧問　宇達經貿法律事務所
總 經 銷　聯合發行股份有限公司
地址：新北市新店區寶橋路二三五巷六弄六號二樓
電話：02-2917-8022　　傳真：02-2915-6275
港澳地區　一代匯集
地址：九龍旺角塘尾道64號龍駒企業大廈10樓B&D室
電話：+852-2783-8102　　傳真：+852-2396-0050
初版一刷　2024年 1月
定　　價　新台幣 310 元
Published and printed in Taiwan

ISBN 978-626-98204-3-6

魔豆

魔豆